爆笑！古代学霸笔记！

两宋卷

何捷 / 主编

中国致公出版社 · 北京

像玩穿越一样学古文
何 捷

  中国坐拥五千年的浩瀚历史，孕育着灿烂辉煌的优秀古代文化。每一个宝贵的历史文化宝藏，都凝结着古人的才情与智慧。所有的家长和老师们都希望孩子们能像中国古代的"学霸"们一样，学富五车，才高八斗。

  然而，正所谓"天下苦文言文久矣"，古文一直都是个老大难的问题。历史文化知识虽好，却也有着一定的学习门槛。想要用轻松、有趣、生动、高效的方式来学习古代文化、积累文史知识，可不是一件容易的事。

  为了改变这一现状，让孩子们获得更加高效的学习途径，我们的这套《爆笑！古代学霸笔记！》应运而生了。

  读这套书，就像玩穿越——很真实，很有趣，很愉快。

  当你第一眼看到《爆笑！古代学霸笔记！》的名字时，你就知道，它绝对非比寻常、与众不同！这是一套生动有趣、寓教于乐的文史知识类丛书。如果你再打开书本，一股清新之感就扑面而来，生动有趣的语言文字疯狂吸睛，精彩形象的漫画配图夺人眼球，用孩子最喜闻乐见的方式学习有门槛的文史知识，简直是四两拨千斤。

  本套书不但形式新颖、阅读无压力，内容上还很具有系统性。

  全套书以历朝历代最具有代表性的重要历史文化名人为轴，纵向介绍

了关于古代学霸们的生平故事，横向拓展了他们的所学所想，囊括了他们的人际交往、八卦趣闻等相关知识，可谓是包罗万象，极大地丰富了孩子们的知识面。

正是因为这套丛书将有趣形式和丰富内容有机结合，才让孩子在轻松愉快的阅读中就潜移默化地记忆乃至掌握相关的知识。当然，读本套书的最终目的，仍是帮助孩子们更好地理解和掌握中国传统文化知识，不但可以有效提高学习效率，还可以拓展学习维度。

在古代，学霸们不但是"中国N大杰出青年代表"，还是国家最优秀的储备人才。他们不仅聪明，而且勤奋好学，拥有广博的知识和卓越的技能。通过本书的学习，我们可以隔空向学霸们取经求教，偷师学习方法，共享他们的经验，了解大师的见解和体会。

总之，《爆笑！古代学霸笔记！》是一套兼顾了实用性和趣味性的书籍，如果你想要快速提高自己的文史知识储备，不妨阅读本套丛书，从中汲取古人的智慧，相信它会对每个孩子的学习生活产生积极的影响。

祝福孩子们，阅读愉快，学有所得！

目 录

第 1 章
欧阳修与范仲淹——
政坛双男神的"杠精"路

第 2 章
欧阳修和他的弟子们——
"醉"强导师带出半壁江山 15

第 3 章
苏洵、苏轼、苏辙——
文坛的超级"父子兵" 29

第 4 章
黄庭坚和秦观——
风格迥异的"苏门才子" 43

第 5 章
陆游和范成大——
宋代文坛的"文艺复兴" 59

第 6 章
李清照和辛弃疾——
大明湖畔的铁血柔情 73

第 7 章
辛弃疾和陈亮——
这位"亮"仔,酷爱追"辛" 87

第 8 章
文天祥、张世杰、陆秀夫——
王朝末路上的英雄魂 101

第 1 章

欧阳修与范仲淹——
政坛双男神的"杠精"路

欧阳修
昵称：醉翁，晚号六一居士
地区：今江西吉安

（1007 年—1072 年）

主要成就：北宋诗文革新运动的领袖人物。主修《新唐书》，并独撰《新五代史》，是北宋古文运动的代表。"唐宋八大家"之一。

朋友圈：

添加到通讯录

范仲淹
昵称：别名朱说、范文正
地区：今陕西郴州

（989 年—1052 年）

主要成就：北宋代著名政治家、文学家。地方治政、守边皆有成绩。其文学成就突出，有《范文正公文集》传世。

朋友圈：

添加到通讯录

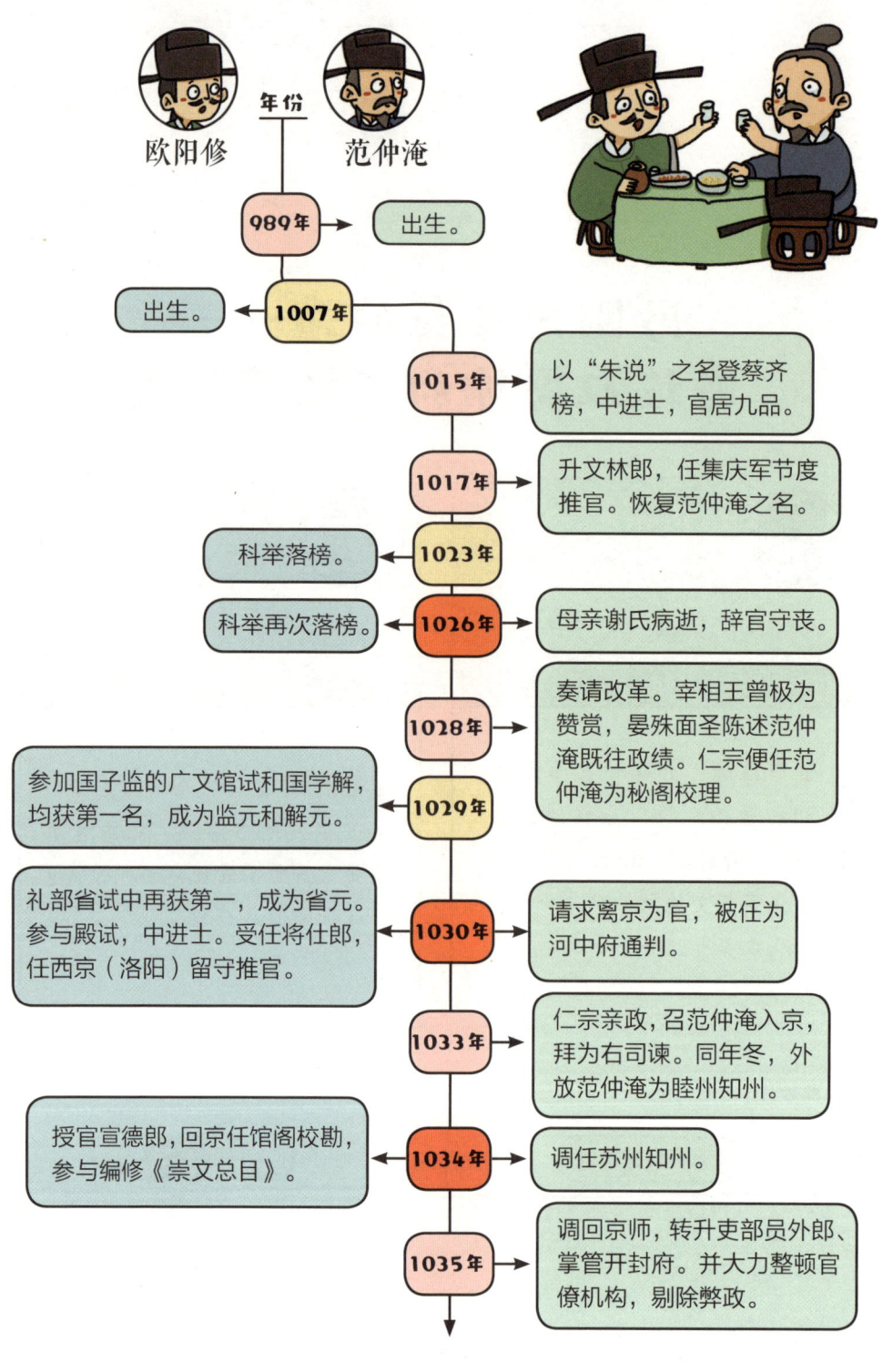

· 两宋卷 ·

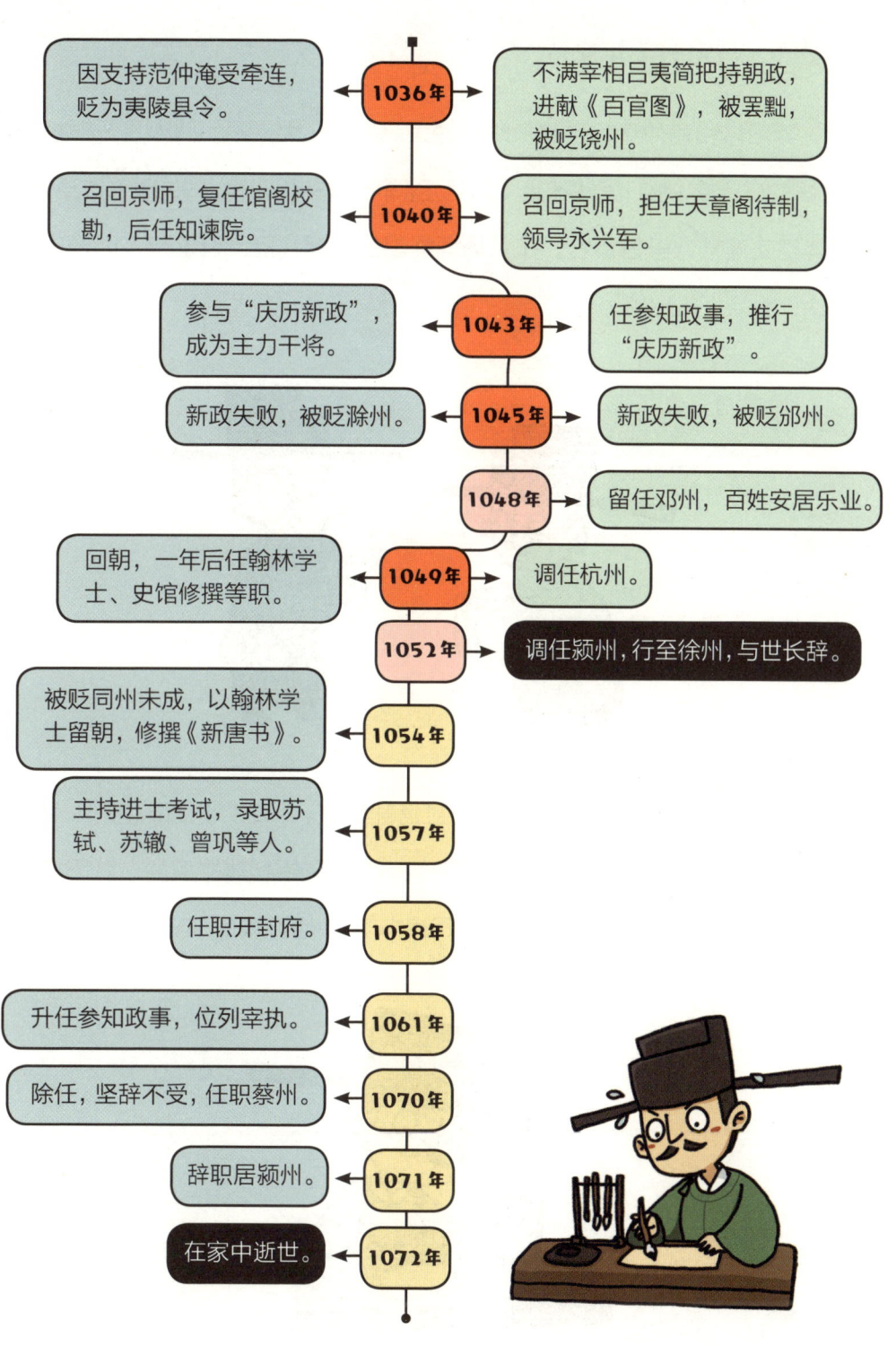

★ 始于一封信的忘年交

欧阳修和范仲淹都是北宋时期的大政治家、大文豪。两人是一对相差18岁的忘年交。他们虽然不是同期状元，却一同在朝为官，同是政治改革家，同样清正廉洁、千古留名。在官场同样都是几起几落，但是两人同样乐观豁达，为后人所称颂。

欧阳修与范仲淹结缘，是从一封信开始的。1033年，敢怼刘太后的范仲淹被调回京师后担任谏官。可过了一个月，朝廷风平浪静。欧阳修失望之余，给范仲淹写了一封信《上范司谏书》，劝他要敢于"与天子争是非。"

★ 我们的"爸爸去哪儿了"

欧阳修和范仲淹还有着惊人相似的悲惨童年——爸爸都没了。范仲淹两岁时,父亲就病逝了,母亲谢氏贫困无依,便带着范仲淹改嫁。欧阳修四岁时,父亲去世,母亲郑氏只好带他投奔欧阳修的叔叔欧阳晔。

由于家贫,范仲淹小时候生活十分艰辛。每天晚上,他用糙米煮好一盆稀饭,等第二天早晨凝成冻后,用刀划成四块,早上吃两块,晚上再吃两块,没有菜,就切一些腌菜下饭。生活非常艰苦,但他毫无怨言,日复一日专心于读书学习。

断齑画粥

★ 你来出战，我来呐喊

后来，当了官了，范仲淹不满吕夷简把持朝政，批评宰相的用人制度。吕夷简不甘示弱，反说范仲淹勾结朋党、离间君臣。两人吵起来了。皇帝本只是在一旁吃瓜，可一听说范仲淹与大臣互相勾结，气得肺都要炸了，也不分青红皂白，就把范仲淹直接贬到偏僻的饶州去了。

在附近做县令的友人梅尧臣写了一篇《灵乌赋》劝范仲淹少说话、少管闲事，结果范仲淹立刻回写了一篇《灵乌赋》，强调自己"宁鸣而死，不默而生"，尽显为民请命的凛然大义。

范仲淹跟宰相吕夷简一战，让天下人见识到了范仲淹的刚正不阿。经此一战，范仲淹圈粉无数，他怼皇上、怼太后、怼宰相，身上散发的奋战精神是其他官员所没有的！

其中一个铁粉就是欧阳修！他不仅在心中种下对范仲淹崇拜的种子，还不忘给吕夷简的同党高若讷写了一封信，在信中对高若讷的人品进行三百六十度问候，逞一己之快。结果欧阳修一战成名，喜登范仲淹朋党末班车，被贬去湖北当了县太爷。

爆笑！古代学霸笔记！

★ 新政失败的难兄难弟

1040年，欧阳修被召回京担任谏官。他口才好，文笔好，多次在皇帝面前说范仲淹的好话。功夫不负有心人，皇帝很快召回范仲淹，并委以重任——轰轰烈烈的"庆历新政"拉开了帷幕。

范仲淹是新政的核心，欧阳修则是得力干将。但是在守旧派的阻挠下，新政很快就失败了。失败后，革新派纷纷被贬。

离开京城前的某一天，范仲淹约欧阳修喝酒消愁，酒席上，范仲淹题词一首：

剔银灯·与欧阳公席上分题

[宋]范仲淹

昨夜因看蜀志。笑曹操、孙权、刘备。用尽机关，徒劳心力，只得三分天地。屈指细寻思，争如①共、刘伶一醉？

人世都无百岁。少痴騃②、老成尪悴③。只有中间，些子④少年，忍把浮名牵系？一品与千金，问白发、如何回避。

注释：①争如：怎如。②騃(ái)：傻，呆。③尪(wāng)悴：衰老羸弱的样子。
④些子：一点，稍微。

范仲淹在词中吐槽自己这些年来为了国家改革尽心尽力,到头来却是竹篮打水一场空。想想自己都快60岁了,东山再起也几乎不可能了,内心无比烦闷,还不如酩酊大醉一场。

★仕途失意,笔下生花

1046年,也就是新政失败后两人被贬的第二年,这两个官场失意之人,创作出两篇流传千古的名篇。

范仲淹在邓州写出了《岳阳楼记》,其中"先天下之忧而忧,后天下之乐而乐",更是抒发了他爱国爱民的情怀。

岳阳楼记(节选)

[宋]范仲淹

嗟夫!予尝求古仁人之心,或异二者之为。何哉?不以物喜,不以己悲①;居庙堂之高②则忧其民;处江湖之远③则忧其君。是进亦忧,退亦忧。然则何时而乐耶?其必曰"先天下之忧而忧,后天下之乐而乐"乎!噫!微斯人,吾谁与归?

注释:①不以物喜,不以己悲:不因为外物好坏和自己得失而或喜或悲。
②居庙堂之高:在朝中做官。③处江湖之远:处在僻远的地方做官。

几乎与此同时，欧阳修在滁州写下**《醉翁亭记》**，借山水之乐来排遣谪居生活的苦闷。他才40岁不到，却称自己是"翁"，借着绝美的山水和醇香的好酒同好友苦中作乐。其中的"醉翁之意不在酒，在乎山水之间也"广为传颂至今。

1052年，范仲淹在徐州病逝，这位大政治家、大文豪就这样挥一挥衣袖，不带走一片云彩。听到范仲淹辞世，欧阳修悲愤交加，用尽一生文学修为，历时15个月为范仲淹写下墓志铭。

学霸笔记

渔家傲·秋思

[宋] 范仲淹

塞下秋来风景异，衡阳雁去无留意。
四面边声连角起。千嶂里，长烟落日孤城闭。
浊酒一杯家万里，燕然未勒归无计。
羌管悠悠霜满地。人不寐，将军白发征夫泪。

- 渔家傲·秋思：渔家傲，词牌名，又名"渔歌子"等。秋思是题目。
- 千嶂：绵延而峻峭的山峰，崇山峻岭。
- 燕然未勒：指战事未平，功名未立。
- 边声：边塞特有的声音，如大风、羌笛、马啸的声音。

★ **见闻连缀抒情意**

《渔家傲·秋思》是北宋词人范仲淹创作的一首词。这首词真切地表现了戍边将士思念故乡，渴望归家，但更热爱祖国，立志保家卫国的情感。

我们来看看这首词是怎么通过描写所见所闻来抒发情意的吧！

边塞的秋天寒风萧瑟，满目荒凉，这和家乡的美好秋景是完全不同的呀！你看就连南下的大雁都没有半点留恋之情。边塞的大雁、千嶂、孤城、长烟、落日，都是多么苍凉的啊，这是**所见**；边声四处起，声声悲切入耳，这是**所闻**。词人**将所见所闻连缀起来**，勾勒出一幅悲壮凄凉的边塞风光图。

见闻之下及所思，诗人看着边塞风光不禁想起了万里之外的家。可是战事还未完，还家之计还无从说起。再听着深夜里传来的悲凉羌笛声，看着大地上铺满秋霜,更是引得将士们泪流满面。整首词的所见所闻都给人以凄清、悲凉的感觉,见闻连缀更是抒发了词人和战士们无限思家思亲的情感。

但在思乡之情的背后,这首词又变低沉婉转之调为慷慨雄放之声,把保家卫国、思念家乡和亲人的情意融合在一起,语言凝练却意蕴深远。

学霸小剧场

朋友圈

范仲淹
吕夷简这只老狐狸,竟然诬赖我勾结朋党!我必须发个朋友圈诅咒他!

河南开封

♡ 欧阳修、尹洙、余靖、蔡襄、梅尧臣等

💬 **尹洙**:我要揭发我自己,我跟范仲淹是好基友,我是他的同党!🥰
余靖:我早就想粉范仲淹了,我现在报名当老范的同党!😚
梅尧臣:我给你写的《灵乌赋》你是不是没看懂?☹
范仲淹:@梅尧臣 宁鸣而死,不默而生。😎

· 两宋卷 ·

朋友圈

欧阳修

各位，这是我的新作《朋党论》，请多多支持！

臣闻朋党之说，自古有之，惟幸人君辨其君子小人而已。大凡君子与君子以同道为朋，小人与小人以同利为朋，此自然之理也。

全文

河南开封

♡ 范仲淹、梅尧臣、苏舜钦、王安石
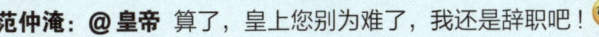
💬 **范仲淹**：知我者，莫若欧阳公！🥰

苏舜钦：就你敢说真话，给你点赞！👍

皇帝：说了那么多！我也分不清谁是君子谁是小人啊！😡

范仲淹：@皇帝 算了，皇上您别为难了，我还是辞职吧！🥺

第 2 章

欧阳修和他的弟子们——"醉"强导师带出半壁江山

 **王安石（代表人物1）**
昵称：字介甫，号半山，世称"临川先生"
地区：今江西抚州

（1021年—1086年）

主要成就：北宋著名的思想家、政治家、文学家、改革家。

朋友圈： ＞

添加到通讯录

 **曾巩（代表人物2）**
昵称：字子固，号称"南半先生"
地区：今陕西郴州

（1019年—1083年）

主要成就：北宋散文家、史学家、政治家。文学成就突出，"唐宋八大家"之一。主导"王安石变法"。

朋友圈： ＞

添加到通讯录

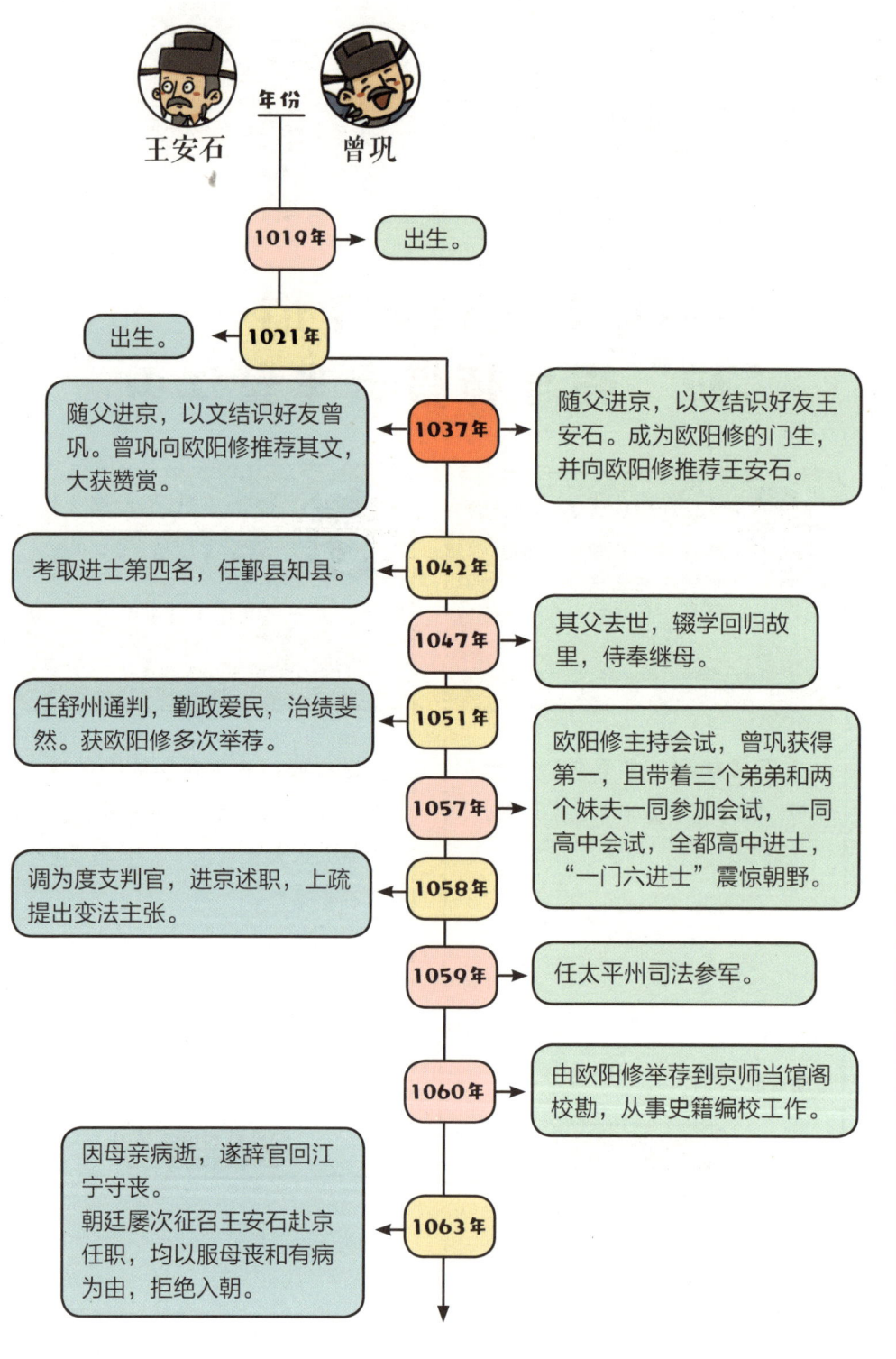

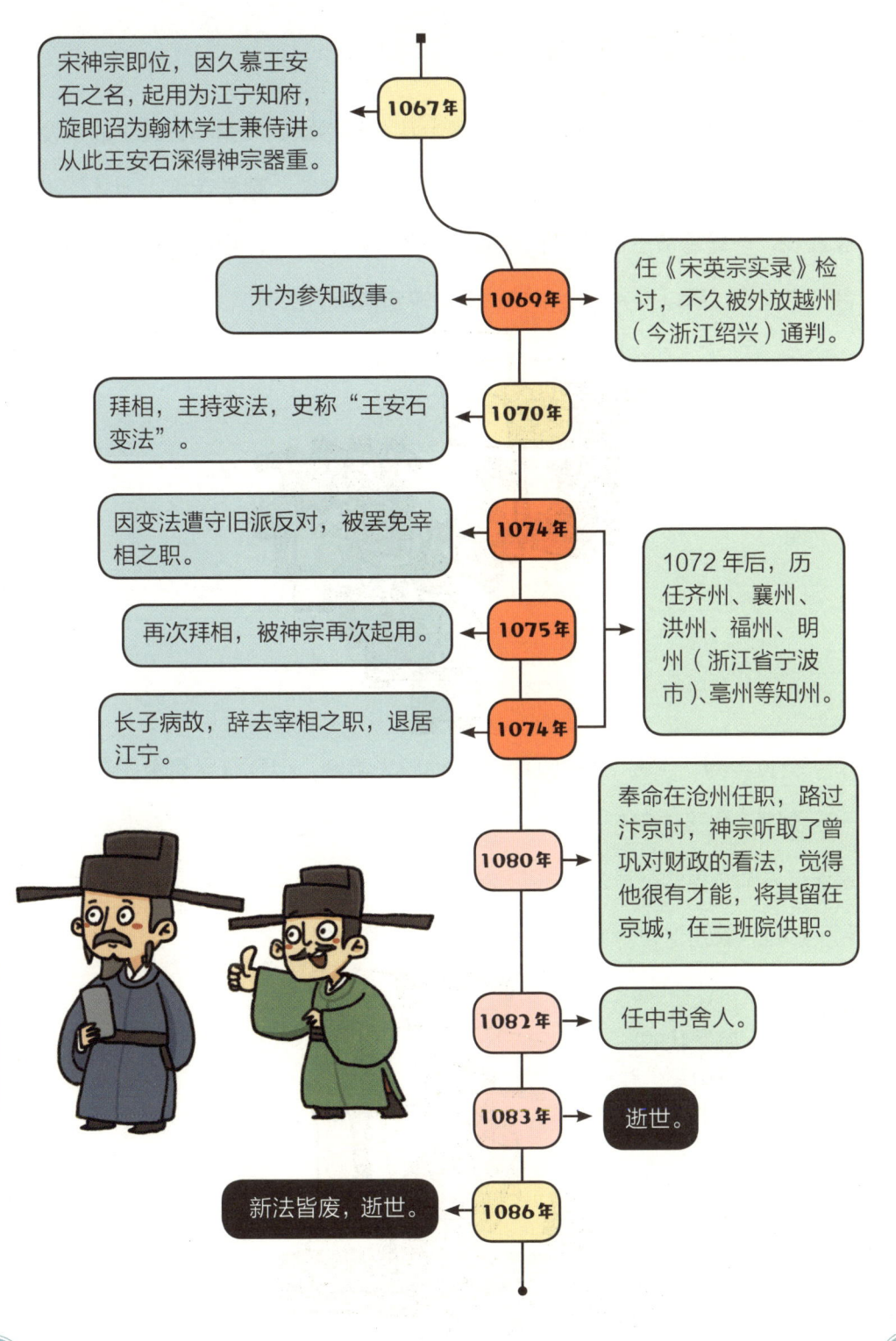

★ "大宋好文章"的"金伯乐"

韩愈的《马说》告诉我们：世界上从来都不缺少千里马，缺少的是发现千里马的伯乐。现实中很多人，头悬梁、锥刺股、勤学苦练，但才华不被发现，一样是被后浪拍死在沙滩上。尤其是在古代，施展才华抱负的平台少之又少，所以文人志士都特别渴望得到伯乐的赏识。

有位导师，人称"千古伯乐"，他眼光毒辣，但凡有学霸潜质者，他一定会毫不犹豫向皇帝举荐。"唐宋八大家"里北宋有六人，其中五位都是这位导师举荐的。怎么？你不服气？不是还有一人吗？呵呵，不好意思，剩下那位，就是这位导师自己——"醉翁"欧阳修！

★ 老师，感谢您带我上天

在欧阳修的学霸群里，曾巩算一位。他科举落榜后，抑郁了，给欧阳修写了封自荐信。欧阳修一看曾巩的信写得文采飞扬，拍青了大腿，直夸他："广文曾生，文识可骇。"后来曾巩打包好行李要走，来向欧阳修辞行，欧阳老师特意写了《送曾巩秀才序》来鼓励他继续努力，还把他收为弟子，悉心教导。

得到老师的赏识，曾巩也是知恩图报。在欧阳修被贬滁州时，别人都落井下石，曾巩却不远万里前去探望，让欧阳修感动得泪流满面。1057年，在欧阳修担任主考官的会试上，曾巩勇夺第一，走向仕途，由恩师带着走花路。所以当欧阳修去世时，曾巩悲叹道："若无师，何来巩？"

★ 人才收割机：父子三人连锅端

那年与曾巩同场考试的，还有后来同样位列"唐宋八大家"的一对亲兄弟苏轼和苏辙。号称"人才收割机"的欧阳修一眼就看出这两兄弟绝非等闲之辈，一举录取，最后也收入门下，成为自己的学生。

尤其是哥哥苏轼，他的文章甚至好到让欧阳修误以为是自己弟子曾巩写的，为了避嫌，就给评了个第二。后来得知是苏轼，欧阳修还写信给副考官梅尧臣夸他："读轼书，不觉汗出，快哉快哉！老夫当避路，放他出一头地也。"

苏家两兄弟的老爹苏洵，也得管欧阳修叫一声伯乐。苏洵从小不爱读书，27岁才开始学习，输在起跑线上的他，参加科举考试一再不中。自己无法成为学霸，就成为学霸的爹！索性就在家认真辅导其两个儿子的功课。

没想到这老苏搞教育真有一套，两个儿子也都很争气地考上进士了。都说虎父无犬子，这俩虎儿岂能有犬父？敏锐的欧阳修又嗅到了人才的味道，偶然拿到苏洵的文章一看，拍手叫绝："后来文章当在此！"立刻向皇帝举荐，让苏洵在京城打响了自己的名声。

· 两宋卷 ·

★多年网友，一朝见面成兄弟

而欧阳修发现的最后一匹"千里马"，就是有宰相之才的王安石了。1037年，王安石随父进京，通过写文章和曾巩结识，曾巩把王安石的作品转发给了导师欧阳修，欧阳修立马秒回了一个大大的赞！让曾巩快把王安石的微信名片推给他。

谁能想到，欧阳修和王安石就这样"网聊"①了快二十年，直到1056年，两位亦师亦友的网友才正式见面。一向稳重的欧阳修按捺不住内心的激动，主动向王安石赠诗：

翰林风月三千首，吏部文章二百年。

老去自怜心尚在，后来谁与子争先。

王安石则答诗道：他日若能窥孟子，终身安敢望韩公。知道的是两人一见如故，相见恨晚。不知道的还以为是欧阳修找到失散多年的儿子呢！

注释：①指通信。

· 两宋卷 ·

★ 相爱相杀，反目成仇

　　导师欧阳修十分看重王安石的才华，他推荐王安石去当谏官，可是王安石人如其名，像块石头一样又臭又硬，不屑接受，说什么他奶奶一把年纪了，要回去照顾奶奶。欧阳修还不死心，说他孝敬老人养家糊口没有高工资不行，于是又推荐他当群牧判官。欧阳修对王安石可谓是宠爱有加。

　　不过"爱有多深，伤就有多重"。王安石当宰相后推行了大胆的新法，朝中许多大臣接受不了新政的残酷条例，其中也包括导师欧阳修。两人关系开始出现裂痕，渐渐疏远了。

爆笑！古代学霸笔记！

直到1071年，欧阳修写了《贺王相公拜相启》祝贺王安石当了宰相，算是主动破冰。而第二年，欧阳修去世了，王安石也写下《祭欧阳文忠公文》，赞美欧阳修是个高风亮节、值得敬佩的长者。全文情真意切，压倒其他一切祭文。欧阳导师若泉下有知，应该也会欣慰。

学霸笔记

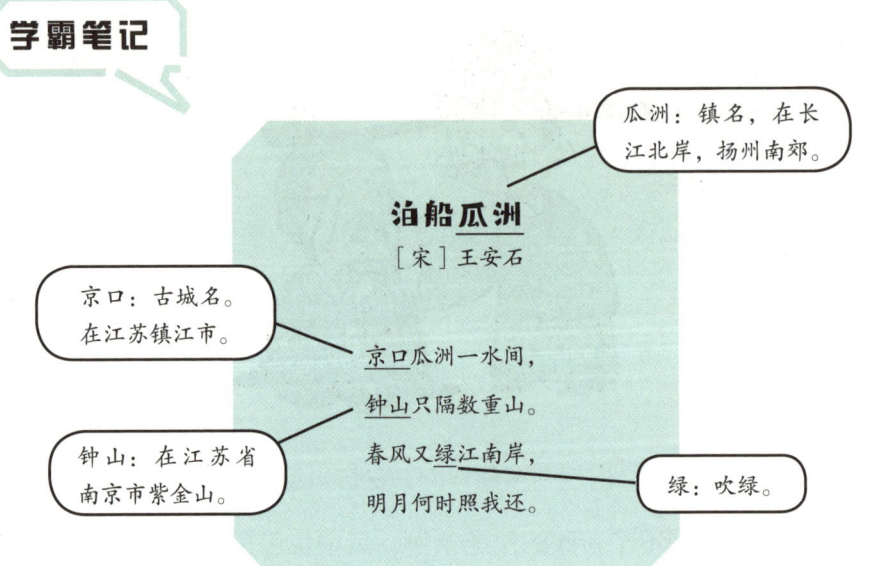

泊船瓜洲
[宋] 王安石

京口瓜洲一水间，
钟山只隔数重山。
春风又绿江南岸，
明月何时照我还。

- 瓜洲：镇名，在长江北岸，扬州南郊。
- 京口：古城名。在江苏镇江市。
- 钟山：在江苏省南京市紫金山。
- 绿：吹绿。

★ 锤炼文字多推敲

同学们，我们读古诗时，往往要抓住"诗眼"来体会。诗眼，顾名思义，如诗的眼睛，而眼睛是心灵的窗户。

所以，在诗歌中，诗眼往往是最能开拓意旨和表现中心思想的。

王安石的这首**《泊船瓜洲》**，从**"一水间""只隔""数重山"**我们可以感受到诗人对故居钟山的依恋之情，明明就是千山万水，明明就是路途遥远，可是在诗人眼里仿佛近在咫尺。

转瞬一句**"春风又绿江南岸"**，通过一个**"绿"**字，点染了整幅画面。表面描绘的江岸美丽的春色，实际**寄托了诗人浩荡的情思**。春风拂煦，百草始生，千里江岸，一片新绿。生机盎然的春景与诗人再度拜相的喜悦心情不谋而合，此时江南春意盎然，此刻诗人春风得意。

如果用**"春风又吹江南岸"**，就少了色彩；**"春风又过江南岸"**，也失了神髓。所以诗人经过反复推敲修改，精心筛选了这一个**"绿"**字，直接提升了整首诗的意境，可谓是画龙点睛！

至此**"明月何时照我还"**明面上是渴望回到故乡，但是更令人感受到诗人渴望成功的情怀，春风再次吹绿大地，而我的抱负何时能实现呢？

所以说，全诗一个**"绿"**字生动传神，精确凝练地表达了诗人内心的情感。让我们也学着多多锤炼文字吧！

爆笑！古代学霸笔记！

学霸小剧场

欧阳修老师与你同行（96）

欧阳修
@曾巩 有志者事竟成！祝贺你喜提进士头名！

王安石
恭喜师兄！贺喜师兄！晚上必须喝酒庆祝起来！

司马光
恭喜师兄！贺喜师兄！晚上必须喝酒庆祝起来！+1😭

曾巩
@欧阳修 没有师父的悉心教导，怎么会有我曾巩今天的成就！师父的大恩大德，我无以回报。

曾巩
多谢两位师弟！师兄愚钝！都三十八岁了才中进士，惭愧惭愧！

· 两宋卷 ·

< 　　　欧阳修老师与你同行（96）　　　···

苏轼、苏辙加入群聊

 欧阳修

昨日中榜的苏家两兄弟加入我们的研修群了！我们的群在壮大，大家掌声欢迎！

 曾巩

欢迎最牛的兄弟俩！

 王安石

兄弟同心，其利断金！欢迎欢迎！

 欧阳修

新进来的两兄弟发一下照片和自我介绍。

 曾巩

听说兄弟俩特别帅，来来来，照片晒起来！

 欧阳修

@曾巩 大师兄发群规！

@王安石 发研修作业安排！

第 3 章

苏洵、苏轼、苏辙——文坛的超级"学霸父子兵"

苏洵
昵称：字明允
地区：今河北栾城
（1009 年—1066 年）

主要成就：北宋文学家、诗人、词人，"唐宋八大家"之一，擅长散文。创立宋朝"蜀学"，在北宋文坛中有巨大影响力。

朋友圈： >

添加到通讯录

苏辙
昵称：字子由，别字咸明
地区：今河北栾城

（1039 年—1112 年）

主要成就：北宋文学家、思想家。"唐宋八大家"之一，擅长散文。擅长政论和史论。

朋友圈： >

添加到通讯录

苏轼
昵称：字子瞻，别字和仲，号铁冠道人、东坡居士
地区：今河北栾城

（1037 年—1101 年）

主要成就：北宋文学家、诗人、词人，"唐宋八大家"之一。宋词豪放派代表人物，堪称北宋文坛领袖。

朋友圈： >

添加到通讯录

爆笑！古代学霸笔记！

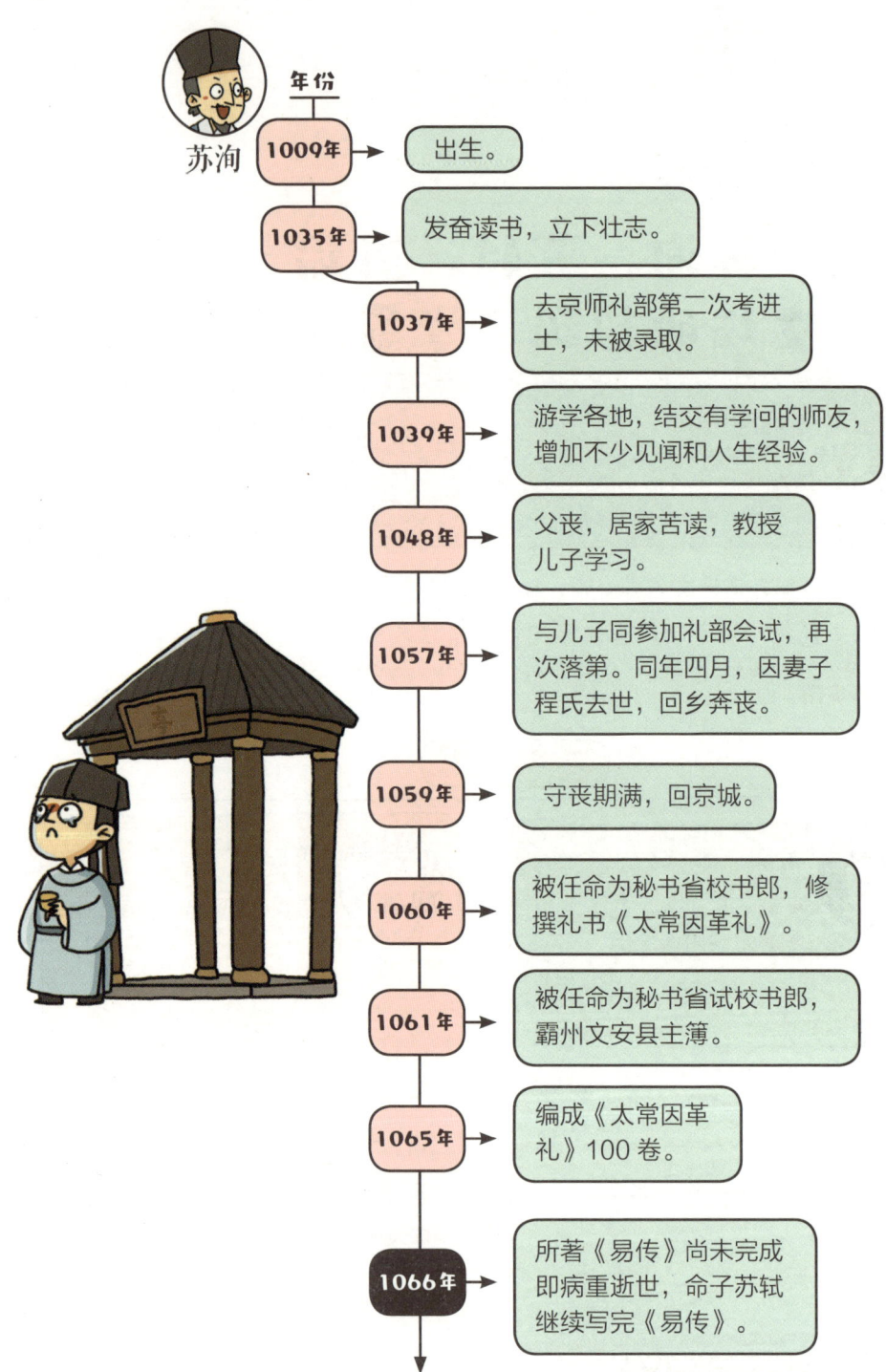

苏洵

年份

1009年 → 出生。

1035年 → 发奋读书，立下壮志。

1037年 → 去京师礼部第二次考进士，未被录取。

1039年 → 游学各地，结交有学问的师友，增加不少见闻和人生经验。

1048年 → 父丧，居家苦读，教授儿子学习。

1057年 → 与儿子同参加礼部会试，再次落第。同年四月，因妻子程氏去世，回乡奔丧。

1059年 → 守丧期满，回京城。

1060年 → 被任命为秘书省校书郎，修撰礼书《太常因革礼》。

1061年 → 被任命为秘书省试校书郎，霸州文安县主簿。

1065年 → 编成《太常因革礼》100卷。

1066年 → 所著《易传》尚未完成即病重逝世，命子苏轼继续写完《易传》。

· 两宋卷 ·

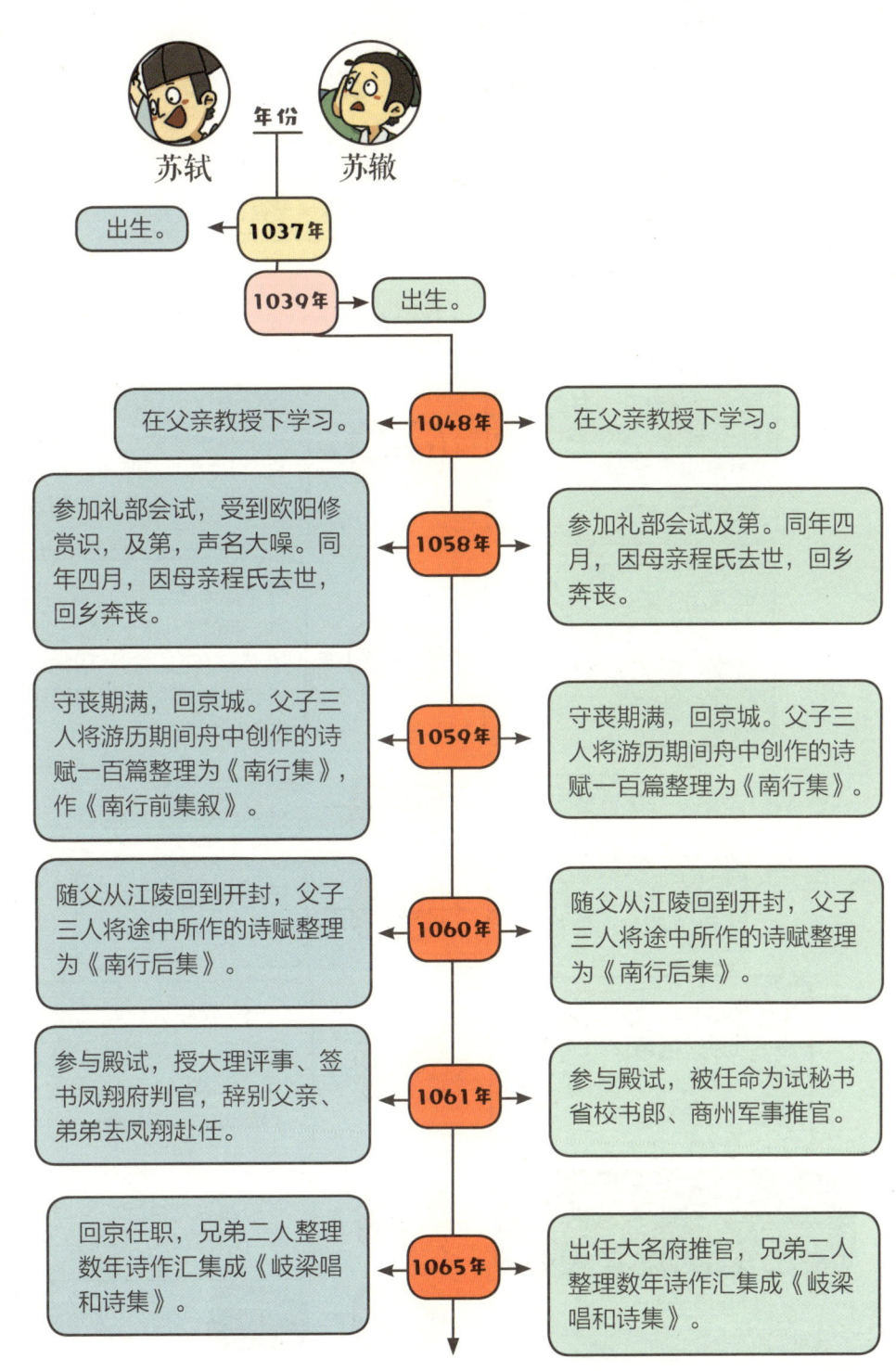

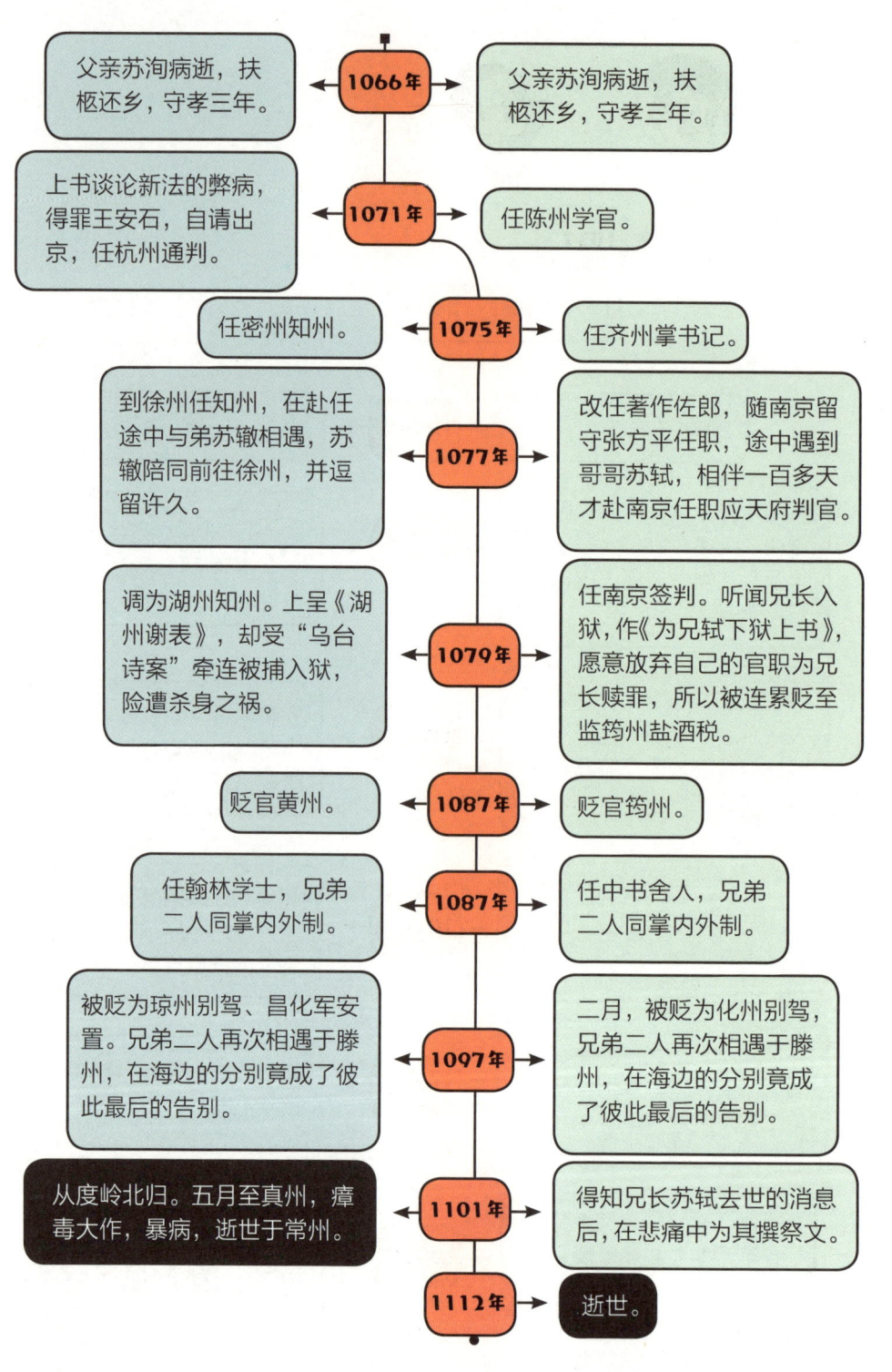

★ 被"学霸"包围的老父亲

"唐宋八大家"一共八人,可是老苏家独占三人,真是了不起!老苏家为啥这么厉害,那还得从父亲苏洵说起。

苏洵的一生,可谓是大器晚成。他参加了三次科举都没能考上进士。与之对比鲜明的是哥哥苏澹、苏涣都考中了进士,两位姐妹所嫁夫婿也均是进士,后来自己的两个儿子更是考神附体,同年高中。只有他"鸡立鹤群",被一群进士"学霸"包围着。

虽然没考中进士,但是他的文章受到了文坛领袖欧阳修、张方平等人的一致好评。张方平是苏洵的第一位伯乐,还给当时的欧阳修写了一封热情洋溢的推荐信夸赞苏洵。欧阳修读过苏洵的文章后也大加赞赏。名臣韩琦还将苏洵和贾谊并论。因此,当他带着两个儿子进京城赶考时,京城学子争相传阅、效仿他们的文章,一时风头无两。

爆笑！古代学霸笔记！

★ 论如何让儿子爱上读书？

　　苏轼和苏辙出生时，刚好是苏洵开始奋发学习的时候。为了避免两个儿子跟自己一样输在起跑线上，他决心培养他们的阅读兴趣，于是就想了一个妙招——

　　他故意趁着两个儿子玩耍的时候，偷偷躲在附近的角落里看书，一旦儿子们过来就马上把手里的书藏起来。一来二去，两兄弟对老爸手里的书好奇极了，想方设法地抢到书来看，从此他们就迷上了读书，"藏书教子"的佳话也流传开来。

读万卷书，还要行万里路。两兄弟很小的时候，苏洵就带着他们到处会客访友，见识外面的世界，也会让他们写写诗文，表达所见所感，并亲自批阅。第二次去京城的路上，他们沿着长江游历，途中父子三人作诗173篇，合作编成《南行集》，真实记录沿途所见所闻。

★ 人人都爱和他当兄弟

苏轼是父子三人中成就最高的一位，他留下的诗有2700多首，词超过300首，文章更是多达4800多篇，加起来近8000篇，约200多万字，真是厉害了！这不，人人都赶着与他当兄弟——

苏轼的诗想象精妙，别具一格，既有浪漫主义的情怀，又有现实主义的批判，令人拍手称绝，与黄庭坚并称"苏黄"。

同时，苏轼也是豪放派词的创始人，创作的词大气磅礴，读起来酣畅淋漓，与辛弃疾并称"苏辛"。《念奴娇·赤壁怀古》更是成为豪放派词的开山之作,堪称千古绝唱。

　　他的文章个性鲜明、浑然天成,篇幅有长有短,潇洒率性中透着深思,与韩愈、柳宗元、欧阳修并驾齐驱,又被誉为"千古文章四大家"之一。

　　苏轼的书画也毫不逊色。他的书法杂糅百家之长,独辟蹊径,自成一体,与黄庭坚、米芾、蔡襄并称"宋四家",并当仁不让居于"宋四家"之首;书画上,他提倡"诗画本一律,天工与清新",开创了文人诗、书、画结合的一代新风。

★名字里头学问大

除了为儿子们创造良好的学习条件,拜名师、上名校之外,苏洵还专门写下《名二子说》,讲解了两个儿子名字的由来——

> 轮、辐、盖、轸,皆有职乎车,而轼独若无所为者。虽然,去轼,则吾未见其为完车也。轼乎,吾惧汝之不外饰也。天下之车,莫不由辙,而言车之功者,辙不与焉。虽然,车仆马毙,而患亦不及辙,是辙者,善处乎祸福之间也。辙乎,吾知免矣。

大概的意思就是:苏洵把苏轼比作车轼,也就是车厢前面用作扶手的横木,提醒他不要锋芒毕露,容易招惹是非;把苏辙比作车辙,也就是车轮碾过的痕迹,虽然车辙无功,但一旦车仰马翻,车辙仍可保全自身,苏洵为自己的儿子取这么一个名字,实际上是希望他平安。

后来,果然如苏洵分析的一样,苏轼一生不羁,直言不讳,导致仕途坎坷;苏辙反而沉稳练达,虽然也起起伏伏,但是最终安享晚年,还成为父子三人之中官衔最高的一个。

★ "弟控"哥哥总爱惹祸

苏轼、苏辙从小在爸爸的陪伴下长大,兄弟二人志趣相投,无话不谈。苏轼的诗词作品中带有"子由"的就有一百多首。

1076年的中秋夜,苏轼在密州超然台月下饮酒,留下了"但愿人长久,千里共婵娟"这样的千古名句,被无数人当作传唱爱情的经典情诗,这误会可大了去了!这首诗实际上是苏轼中秋夜大醉后格外思念弟弟而写下的。

呜呜呜,我想弟弟了,给他写首诗吧!

苏轼因为自己的心直口快经常得罪人，弟弟苏辙虽然年龄小，但是更加沉稳练达，没少为兄长操心。苏轼"惹祸"最严重的一次是受到"乌台诗案"的牵连，锒铛入狱。弟弟苏辙第一时间跳出来，上奏《为兄轼下狱上书》，向皇帝请求自己要效仿缇萦，代兄坐牢，为兄长辩护。后来风波过去，但是两兄弟也因此都被贬谪到偏远地区。即使受到兄长牵连，苏辙也从无怨言，兄弟二人情比金坚，彼此牵挂。

学霸笔记

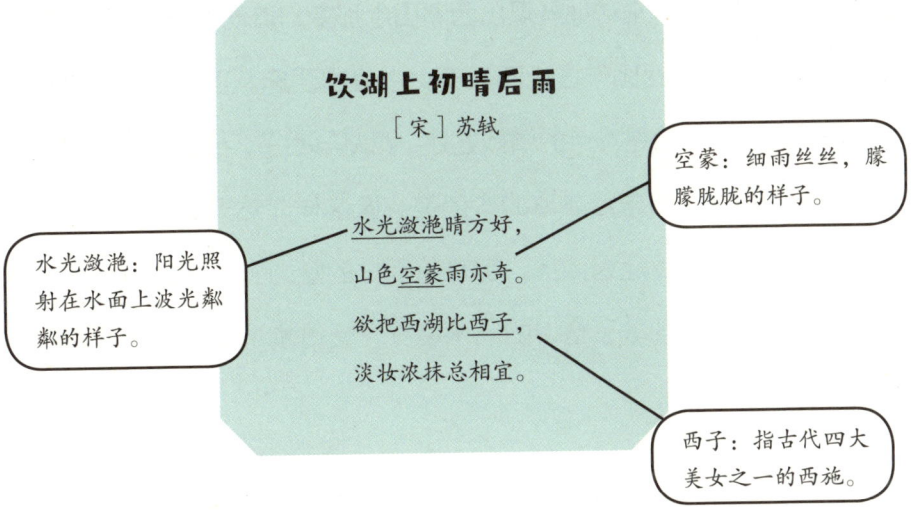

★ 运实入虚引遐思

苏轼任杭州通判期间，曾经写下大量咏赞西湖景物的诗篇，这首《饮湖上初晴后雨》是其中最为脍炙人口的一首，传诵千古。其中运用虚实结合的写法，值得同学们学习。

爆笑！古代学霸笔记！

从题目中可以得知，当时这一天，诗人与友人在西湖上饮酒，天气先是阳光明媚，后来又下起了雨。在善于领略自然风光的诗人眼中，西湖之景不论晴雨都是那样美妙。

诗的前两句，诗人直白地赞叹**"水光潋滟晴方好，山色空蒙雨亦奇"**。水光潋滟，指的是水波荡漾的西湖在灿烂阳光的照射下，波光闪动的美好景致；山色空蒙，指的是西湖周边的山在蒙蒙细雨的笼罩下显得朦朦胧胧的，别有一番生趣。

"晴方好""雨亦奇"是诗人毫不掩饰的赞美。前两句中，有山有水，有晴有雨，描写的并不仅仅是这一湖美景，而是用上了水墨写意的手法粗略勾勒，放眼全局，生动地展现出西湖山水那变幻流动的光与色之美。

后两句又把西湖比作古代四大美女之首的西施。正常来说，景物怎么能与人相比？这恰恰是本诗的精妙之处：西湖与西子，都在越地，都以**"西"**开头，而且都是天然未经雕琢的本色美。像这样浑然天成的美，无论晴天还是雨天，无论淡妆还是浓抹，都有着别样的魅力。这样新颖而又贴切的比喻，运实入虚，升华了全诗的艺术境界，使得本诗成为吟咏西湖的千古绝唱。

学霸小剧场

朋友圈

苏洵

有言曰："儒者不言兵"。仁义之兵，无术而自胜。使仁义之兵无术而自胜也，则武王合用乎太公？而牧野之战，"四伐攻、五伐、六伐、七伐乃止齐焉。"又何用也？《权书》，兵书也，而所以用仁济义之术也。吾疾夫世之人不究本末，而妄以我为孙武之徒也。夫孙氏之言兵为常言也，而我以此书为不得已而言之之书也。故仁义不得已，而后吾《权书》用焉。然则《权书》，为仁义之穷而作也。

全文

♡ 张方平、欧阳修、韩琦、苏轼、苏辙等

💬 **张方平**：厉害！左丘明的《国语》风格，司马迁善于叙事的优点，还有贾谊对王道的了解，先生的文章都兼而有之！

欧阳修：太棒了！博辩宏伟，纵横上下，出入驰骤，必造于深微而后止！

韩琦：在我看来，贾谊也比不过先生啊！

苏轼：弟弟快来看呐！ @苏辙

苏辙：为爸爸疯狂打Call！

第 4 章

黄庭坚和秦观——
风格迥异的"苏门才子"

黄庭坚
昵称：字鲁直，乳名绳权，号清风阁
地区：今浙江金华

（1045 年—1105 年）

主要成就：宋朝著名文学家、书法家。与张耒、晁补之、秦观都游学于苏轼门下，合称为"苏门四学士"。

朋友圈：　　　　　＞

添加到通讯录

秦观
昵称：字少游，一字太虚，号淮海居士
地区：今江苏高邮

（1049 年—1100 年）

主要成就：北宋婉约派重要作家。与黄庭坚、晁补之、张耒都游学于苏轼门下，合称"苏门四学士"。

朋友圈：　　　　　＞

添加到通讯录

爆笑！古代学霸笔记！

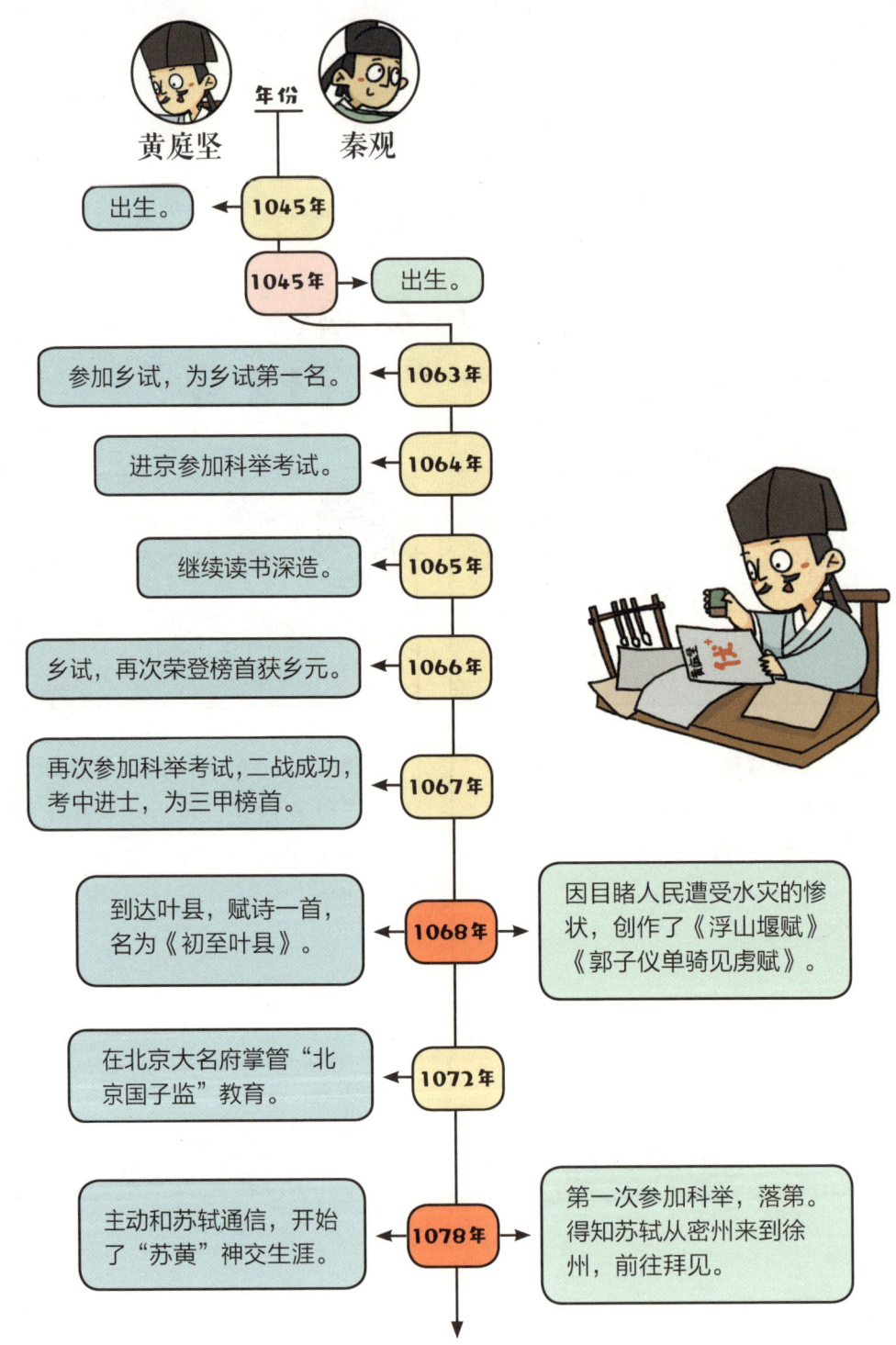

黄庭坚　年份　秦观

- 1045年 ← 出生。
- 1045年 → 出生。
- 参加乡试，为乡试第一名。 ← 1063年
- 进京参加科举考试。 ← 1064年
- 继续读书深造。 ← 1065年
- 乡试，再次荣登榜首获乡元。 ← 1066年
- 再次参加科举考试，二战成功，考中进士，为三甲榜首。 ← 1067年
- 到达叶县，赋诗一首，名为《初至叶县》。 ← 1068年 → 因目睹人民遭受水灾的惨状，创作了《浮山堰赋》《郭子仪单骑见虏赋》。
- 在北京大名府掌管"北京国子监"教育。 ← 1072年
- 主动和苏轼通信，开始了"苏黄"神交生涯。 ← 1078年 → 第一次参加科举，落第。得知苏轼从密州来到徐州，前往拜见。

· 两宋卷 ·

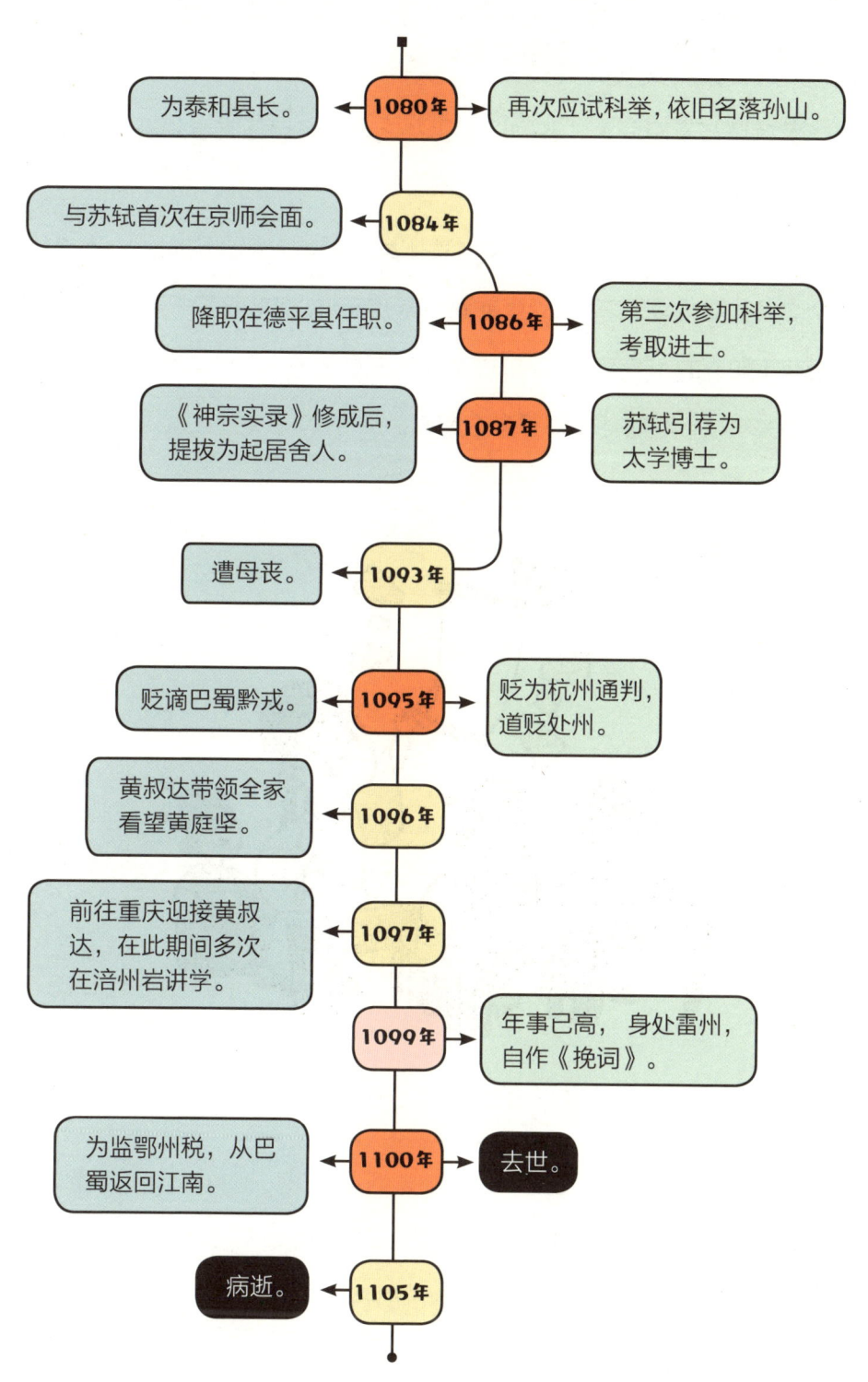

★ 都是"学霸",考运差得有点大

黄庭坚与秦观同为"苏门四学士"之一,各自在文学领域上都有着特别之处。

黄庭坚是个超级学霸,幼年时就比其他同龄人都要聪明,一本书给他读个数遍就能背诵下来。他的舅舅到他家游玩时,常常取下书架上的书问他,他没有不知道的。不仅如此,这位学霸的考试能力也是让人羡慕嫉妒恨的,只要有去考试,随随便便都是考个第一。

秦观也是个"聪明宝宝",从小就博览群书,抱负远大,还喜欢四处游玩。在苏轼的劝说下,他开始发奋读书,积极准备参加科考。但可惜的是,幸运女神并没有眷顾他,两次参加考试都名落孙山。

· 两宋卷 ·

★ 不想当诗人的书法家，不是好官

黄庭坚从小就喜欢作诗，7岁的时候，他就作《牧童诗》：

骑牛远远过前村，吹笛风斜隔岸闻。
多少长安名利客，机关用尽不如君。

苏轼有一次看到他的诗文，觉得他的诗文在曾经看过的千万诗文中可以算得上是一等一的，于是感叹道，世上好久没有看到这样的佳作。不仅如此，黄庭坚在书法上也有很高的成就，他的行书在苏轼的影响下更是有了很大进步，他还把自己对书法艺术的见解写在《山谷集》中。

1067年，黄庭坚考中进士，任汝州叶县县尉，以平易治理该县，得到了老百姓的喜欢。后来他又去参加四京学官的考试，学霸到底光辉太耀眼，所以被改卷的考官一眼看中，担任了国子监教授。

★ **金风玉露，朝朝暮暮**

秦观的诗词以婉约派成就最高，究其原因，应该是源于他的诗词中很多都有女性的缩影。秦观的情感也可以算是十分坎坷。其中秦观的**《鹊桥仙》**可谓是代表之作。

纤云弄巧，飞星传恨，银汉迢迢暗度。

金风玉露一相逢，便胜却人间无数。

柔情似水，佳期如梦，忍顾鹊桥归路。

两情若是久长时，又岂在朝朝暮暮。

关于它的创作背景，有学者研究认为，是1096年秦观被贬郴州时，路过长沙,邂逅一位艺伎,因为一同出去游玩感到欢乐,心心相印,于是相许此生。

后来秦观答应她将来北归后重逢。后至郴州,因思念写下"郴江幸自绕郴山,为谁流下潇湘去"的叹息。

而那位女子呢?等啊等啊,等来的却是秦观已经死去的消息,苍天饶过谁!命运竟是如此的捉弄人!真爱最是无敌,她为秦观送行数百里吊唁,悲痛万分,直至去世那一刻也依然没有忘记秦观。

★ 拜东坡为师，从此是同门

1078年，秦观和黄庭坚都与苏轼有着密切的来往。黄庭坚鼓足了勇气，选择主动和苏轼通信。写了一封书信《上苏子瞻书》，他们之间的正式交往开始了。

他在信中详细介绍了自己，并向东坡先生表达了钦佩之情，希望能得到东坡先生的指点。很快东坡先生就给他回了一封信，表示愿意跟他结识并保持往来。当时收到回信的黄庭坚特别幸福！

而秦观同样也久仰苏轼的大名，1078年，秦观入汴京应试，想借路过徐州的机会拜见苏轼。为此，秦观还请了前辈帮忙写推荐信并进行引荐。前辈给力，秦观后来便以学生的名义拜在苏轼的门下。在之后的交往中，两人亦师亦友，相处十分融洽。

★ 真是人比人，气死人

"苏门四学士"中的另外两位——张耒、晁补之，也是不容小觑。

同样仰慕东坡先生的张耒，是在苏轼出任杭州通判前，得以机会在陈州拜见苏轼的。苏轼对张耒的才识十分赏识。自此张耒便成为苏氏兄弟的门下客，并在东坡先生的引荐下，应举姑苏，可以说是鼎力相助了。1075年，苏轼在密州修"超然台"，张耒也应约写了《超然台赋》。苏轼看到后称他是"超逸绝尘"，作品中都透露着一股秀杰之气。

而晁补之入苏门的经历就更让人惊奇了。17岁那年,他随着父亲同前往杭州,看见钱塘山川风景人物的秀丽,写成《七述》一书,带去见杭州的通判苏轼。

苏轼原先也想有所感赋,读了他的书赞叹道:"我可以搁笔了!"之后又表扬他的写作水平超过一般人甚远,以后一定会显名于世,因此人人都知道了晁补之的名字。

学霸笔记

鹊桥仙·纤云弄巧
[宋] 秦观

纤云弄巧，飞星传恨，银汉迢迢暗度。
金风玉露一相逢，便胜却人间无数。
柔情似水，佳期如梦，忍顾鹊桥归路。
两情若是久长时，又岂在朝朝暮暮。

> 鹊桥仙：词牌名，又名"鹊桥仙令"。

> 纤云：轻盈的云彩。
> 弄巧：指云彩在空中幻化成各种巧妙的花样。
> 飞星：流星。一说指牵牛、织女二星。
> 银汉：银河。

> 这两句的译意：只要两情至死不渝，又何必贪求卿卿我我的朝欢暮乐呢？

★ 议论抒情相结合

秦观的这首词，既抒发了情感，又提出了观点，做到了抒情议论相结合。同学们，让我们一起来看一看，他是如何写的。

这是一首咏七夕的节序词，词的一开始先**烘托氛围**："纤云弄巧，飞星传恨。"描写出牛郎织女不能相聚的离愁别恨，这些情绪统统都寄托在那些闪亮的星星上飞驰长空。

接着，写跨越两者之间的银河，以**"迢迢"** 二字形容银河的辽阔，牛郎和织女相距之遥远。这样一写，感情深沉了，也更突出了相思之苦。迢迢银河水，把两个相爱的人隔开，相见多么不容易！

紧接着这两句，**开始议论**："金风玉露一相逢，便胜却人间无数。"

写出相聚之喜。其后的**"佳期如梦"**更表明了他们之间相见的时间很短，也写出牛郎织女再次相见时的复杂心情，将议论与抒情融为一体。

突然一句**"忍顾鹊桥归路"**，转折开始写分离，明明是刚刚用来相会的鹊桥，转瞬间却又成为爱人之间的分隔路。在这看似含蓄的表达中，作者**通过前后关联，再次抒情。**

最后两句**"两情若是久长时，又岂在朝朝暮暮"**是这首词当中感情色彩很浓的结论，也成了后世爱情颂歌当中的千古绝唱。**它们与前文相互呼应，形成全篇连绵起伏的情感基调。**

总的来说，这首词的议论与抒情相结合，自由流畅，通俗易懂，却又让人回味无穷。

· 两宋卷 ·

学霸小剧场

← 苏门"四大才子"群聊组（5） ···

8:00

 苏轼
今日晚上7点线上会议，收到请回复！

 黄庭坚
收到！一定准时参加！

 晁补之
好嘞，晚上见！

 秦观
收到！收到！

 张耒
收到！

19:00

 苏轼
大家都在吧？进来苏门已有段时日，现在我想对大家说几句。先来说说庭坚，近日，你的行书有了不小进步，继续保持干劲，每日多练习！

苏门"四大才子"群聊组 （5）

黄庭坚：师父谬赞！都是师父点拨得好！感谢师父！

苏轼：再说说最近新加入的秦观，别看他比你们晚进来，成就不得了，写的诗歌在婉约派中都有一席之地！

秦观：还有很多需要学习的地方，感谢师门引领！

苏轼：补之，你在官场上要多多注意，多察言观色，我与张耒会共同帮助你。

晁补之：感动万分，感谢师父，感谢师弟！

苏轼：小张同学是你们当中最小的一个了，他的《七述》一书，大家有空要学习学习！

· 两宋卷 ·

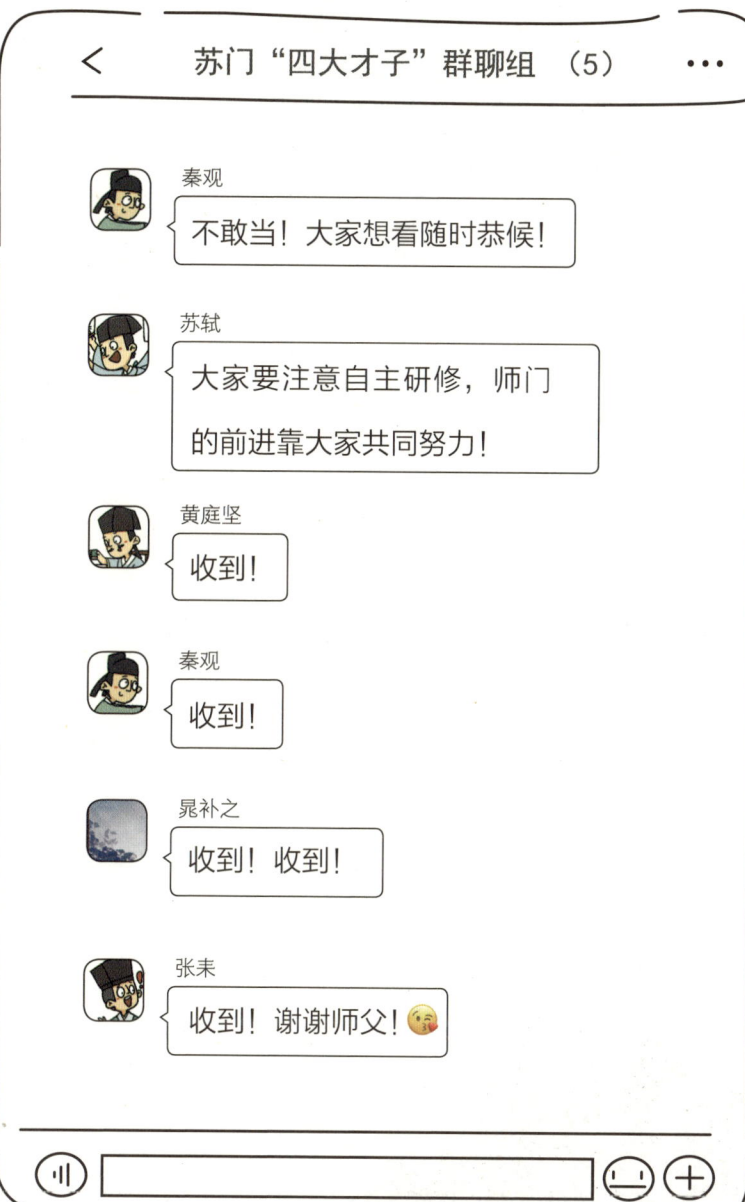

第 5 章

陆游和范成大——宋代文坛的"文艺复兴"

陆游
昵称：字务观，号放翁
地区：今浙江绍兴

（1125 年—1210 年）

主要成就：南宋文学家、史学家、爱国诗人，"中兴四大诗人"之一，有"小李白"之称，南宋一代诗坛领袖，是我国伟大的爱国诗人。

朋友圈： >

添加到通讯录

范成大
昵称：字至能，一字幼元，晚号石湖居士
地区：今江苏苏州

（1126 年—1193 年）

主要成就：南宋官员、文学家，"中兴四大诗人"之一，诗词作品中以反映农村社会生活内容的成就最高。

朋友圈： >

添加到通讯录

爆笑！古代学霸笔记！

陆游　年份　范成大

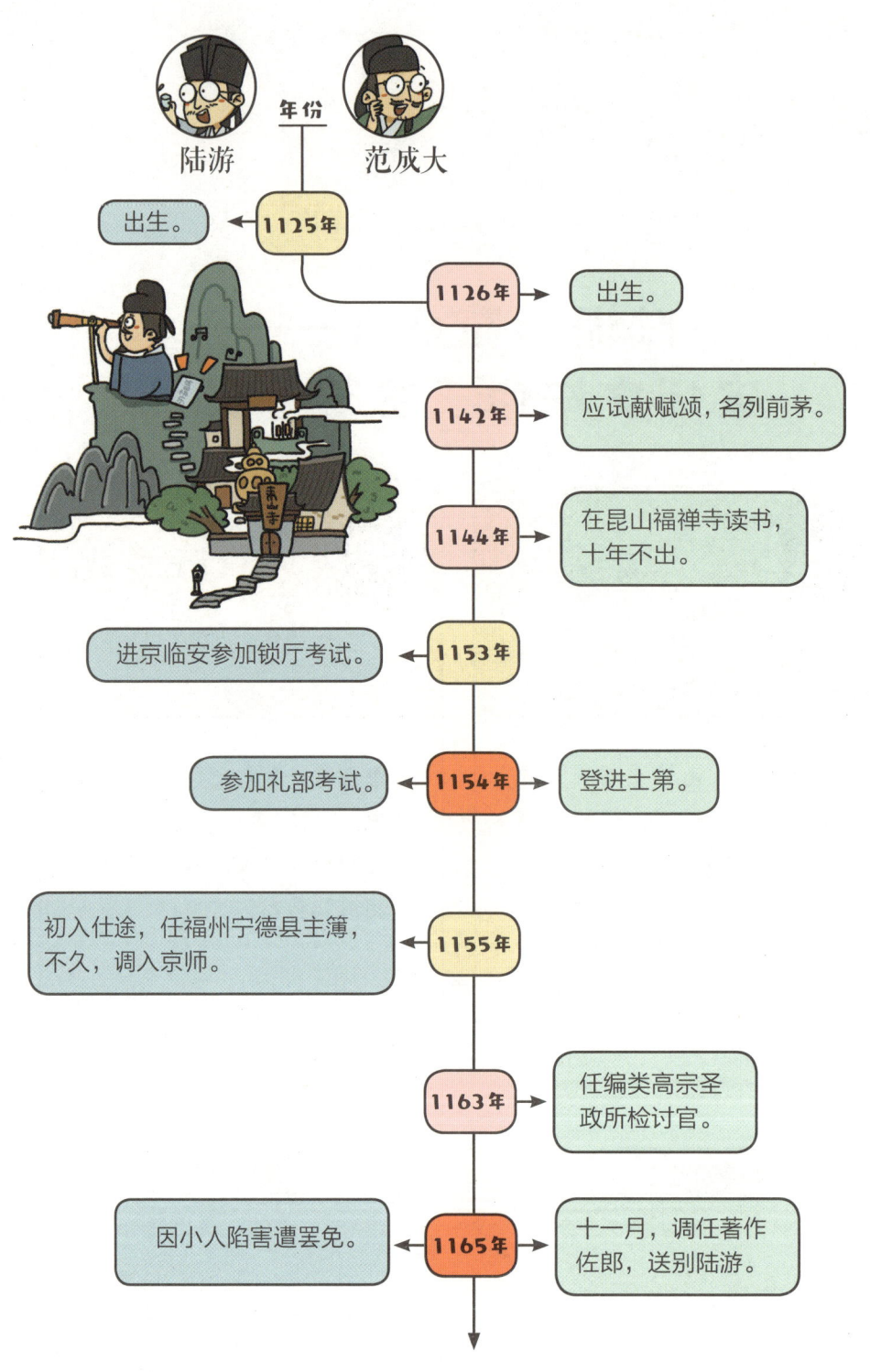

- 1125年 出生。
- 1126年 出生。
- 1142年 应试献赋颂，名列前茅。
- 1144年 在昆山福禅寺读书，十年不出。
- 1153年 进京临安参加锁厅考试。
- 1154年 参加礼部考试。　登进士第。
- 1155年 初入仕途，任福州宁德县主簿，不久，调入京师。
- 1163年 任编类高宗圣政所检讨官。
- 1165年 因小人陷害遭罢免。　十一月，调任著作佐郎，送别陆游。

· 两宋卷 ·

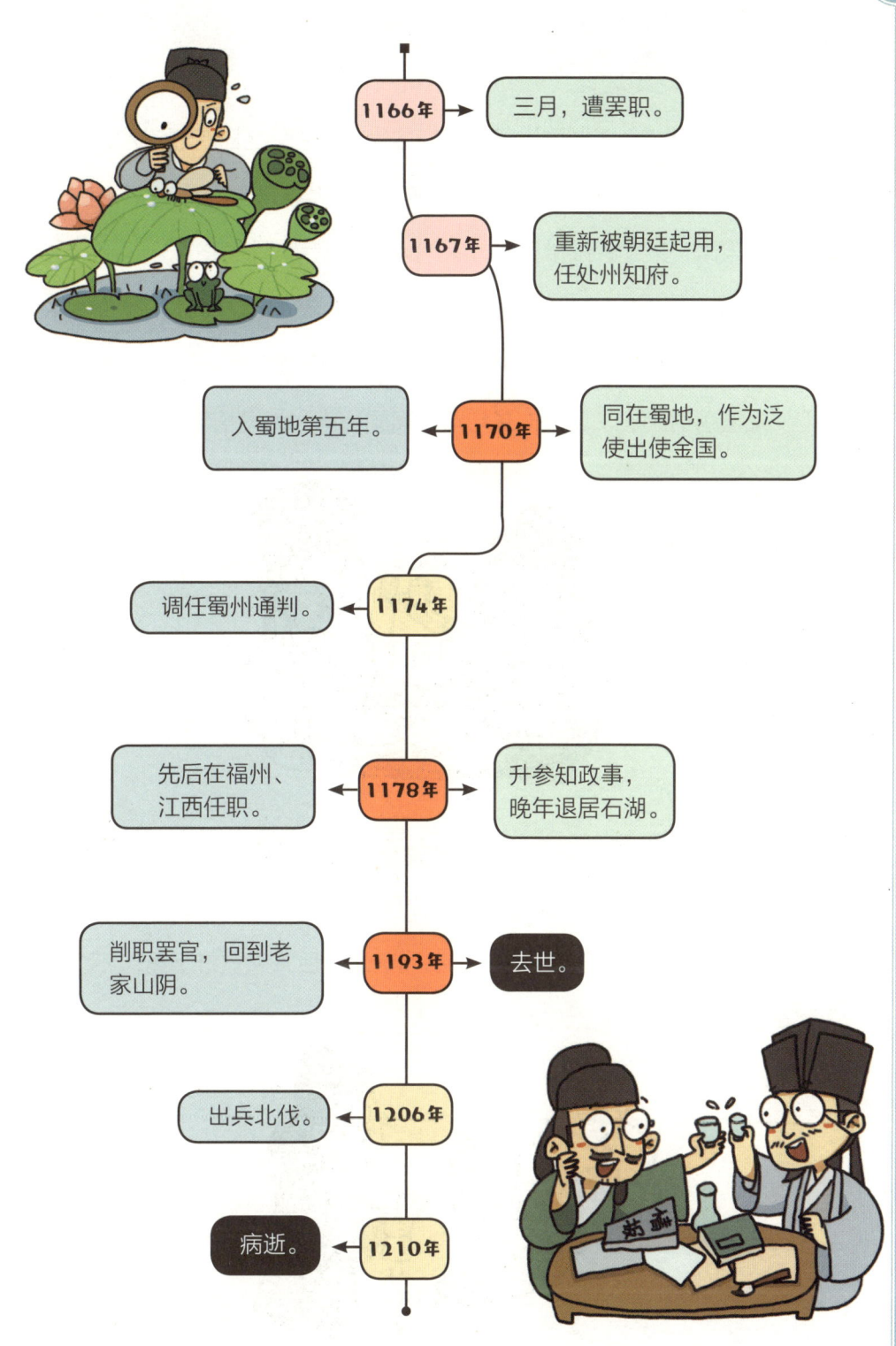

- 1166年：三月，遭罢职。
- 1167年：重新被朝廷起用，任处州知府。
- 1170年：入蜀地第五年。 ｜ 同在蜀地，作为泛使出使金国。
- 1174年：调任蜀州通判。
- 1178年：先后在福州、江西任职。 ｜ 升参知政事，晚年退居石湖。
- 1193年：削职罢官，回到老家山阴。 ｜ 去世。
- 1206年：出兵北伐。
- 1210年：病逝。

爆笑！古代学霸笔记！

★ 四大天王中的爱国知己

我们总说唐诗宋词，可见宋代词的成就更高。有这样四位诗人的出现，更是让诗歌获得中兴。他们就是陆游、范成大、尤袤、杨万里，四人组成"中兴四大诗人"，其中，陆游和范成大两人更是堪称"爱国知己"。

为啥这么说呢？陆游与范成大，不仅有着浓厚爱国情怀，还有着希望南北早日统一的共同愿望。在两人相识的 30 余年里，每一次相见都是一次大型"爱国茶话会"，可以说是句句不离国，声声为国情啊！

范成大是一个苦命的娃，从小父母双亡，家境还十分贫寒，常常吃不饱饭。妥妥的苦情小说男主啊！但好在他从小就聪慧过人，上天给他指引了一条学霸之路。1142 年，他应试名列前茅，后来又登进士第，还以大学士出使金国，官场升职记由此开始。

★ "水逆",让他成了"路由器"

他的好兄弟陆游就没那么顺利了,水逆从未停止。1153年,陆游参加锁厅考试。由于陆游同学十分认真阅卷,书写工整。主考官陈子茂阅卷后评定为第一。

他还没来得及戴上第一的奖牌,却临门来了另外一出。秦桧看到自己的孙子秦埙居然位居陆游之下,大怒,要降罪主考官陈子茂,这一折腾,陆游只好跟第一说"拜拜"!

次年,29岁的陆游又参加礼部考试,这是他第二次进入考场,心里那叫一个七上八下!但是秦桧又出来使坏,指示主考官不得录取陆游。陆游碰上了秦桧这个大奸臣,仕途也就亮起了红灯,气成"路由器"了。

★ 朋友，为你欢喜为你忧

1164年左右，范成大在四川，与在蜀地为官却不得志的陆游相遇，两人一见面，可谓是三"相"：相谈甚欢，相见恨晚，相看两不厌。于是搭肩成了好兄弟。

第二年，由于陆游嘴太快，说错了话，被一些嫉妒他的小人背地里陷害。朝廷听信了小人的挑拨，转眼把他免职。范成大作为他身边最铁的哥们，急得团团转。想要帮助他，无奈"后台"不够硬，只能送别陆游。

分离没多久，范成大就写下诗篇《余与陆务观自圣政所分袂，每别辄五年，离合》，表达对陆游的思念。

宦途流转几沉浮，鸡黍何年共一丘。
动辄五年迟远信，常于三伏话羁愁。
月生后夜天应老，泪浇中岩水不流。
一语相开仍自解，除书闻已趣刀头。

陆游在见不到范成大的日子里，一度抑郁，常常落泪，心中很是忧伤。但在他入蜀后的五年，意外得知范成大也在四川任职。两人重聚，常常一起结伴出门游玩，打卡拍照，不亦乐乎！

快乐的时光总是短暂，等到分别时，陆游送范成大，一送就是一百多公里，并写下《送范舍人还朝》送给他："嗟此大议知谁当？公归上前勉画策""因公并寄千万意，早为神州清虏尘"。范成大看后点头示意，明白了陆游隐藏在诗歌中的希望，挥泪告别。

· 两宋卷 ·

★ 追寻文学兴流，快快上车！

陆游与范成大同为"中兴四大诗人"，他们的诗歌主要以爱国与田园两个话题为主。

陆游在临死之前对儿子们的殷切嘱托："王师北定中原日，家祭无忘告乃翁。"深切地表达了他这一生对于南北统一的愿望。

而范成大在《州桥》中的"忍泪失声询使者，几时真有六军来？"更是把盼望北伐的心情表现得淋漓尽致。

这两首诗，都表达了他们两位强烈的爱国情，细节之处，感人至深。

1186年，范成大暂时闲居石湖。以石湖的农村背景写下了著名的组诗《四时田园杂兴六十首》。

各种季节，各种田园好风光尽收在他笔下。有"梅子金黄杏子肥，麦花雪白菜花稀"的收获，也有"童孙未解供耕织，也傍桑阴学种瓜"的童真童趣。

好兄弟陆游对于田园诗也有自己的精彩作品，如《游山西村》中的经典名句："山重水复疑无路，柳暗花明又一村。"表达对前路困难的豁然心境。

★ 并肩前行的时代盟友

除了范成大与陆游以外，同为"中兴四大诗人"的尤袤、杨万里同样在诗歌领域也有很多可圈可点之处。

同一时期的尤袤，为官四十余年，少年时便离开家乡的他，这一生都没有停止对故土的思念。《青山寺》中的"二十九年三到此，一生知有几回来"。把他对于国事未定的感慨，对家乡的思念写得淋漓尽致。

而杨万里则是同学们的大熟人了，他的诗，写作风格就比较细腻柔美。

如《小池》——

泉眼无声惜细流，树阴照水爱晴柔。

小荷才露尖尖角，早有蜻蜓立上头。

还有《晓出净慈寺送林子方》里的那句：

接天莲叶无穷碧，映日荷花别样红。

杨万里通过对小池、荷花等景物的描绘，表现了他对大自然的喜爱之情。

· 两宋卷 ·

学霸笔记

示儿：写给儿子们看。

示 儿
[宋] 陆游

死去元知万事空，
但悲不见九州同。
王师北定中原日，
家祭无忘告乃翁。

王师：指南宋朝廷的军队。
北定：将北方平定。
中原：指淮河以北被金人侵占的地区。

乃翁：你的父亲，指陆游自己。

★ 一波三折表真情

我们都知道，陆游作为爱国诗人，一生都渴盼着南北统一，收复中原。在《示儿》这首诗里，他是如何表达自己的爱国情的呢？我们一起来看一看。

首句**"死去元知万事空"**，诗人直抒胸臆，表明在人即将离开这个世界的时候才知道什么都是空的，点明了悲哀凄凉的心情。按道理来说，此刻诗人的心境应该是对生死无畏的。

然而，第二句中的**"但悲"**，却出现了**转折**。表明作者不怕死亡，却仍然心系**"九州"**统一。这样与首句一对比，更加反衬出诗人没有亲眼看到祖国的统一而深深感到遗憾与悲痛的心情。一个**"悲"**字把诗人的心境表现得淋漓尽致。

到了第三句，开始第二次转折。**"王师北定中原日"**表明诗人坚信总有一天宋军必定能平定中原，收复失地。有了这一句，诗的整体情绪走向便由悲痛转为激昂。

而最后一句**"家祭无忘告乃翁"**，情绪又一转，表明自己恐怕是没有机会看见统一，于是嘱咐儿子，在家祭时千万别忘记把**"北定中原"**的喜讯告诉他，表达了诗人坚定的信念和浓烈的爱国之情。

全诗以诗人的心情为线索，一次又一次地进行转折，使得基调变得具有感染力，虽简短而有力。

· 两宋卷 ·

学霸小剧场

朋友圈

陆游
希望我的发声能让更多勇敢的人站出来!

还我公道!

杭州市

♡ 范成大
💬 范成大:陆兄我支持你!

第 6 章

李清照和辛弃疾——
大明湖畔的铁血柔情

辛弃疾

昵称：原字坦夫，后改字幼安，中年后别号稼轩
地区：今山东济南

（1140 年— 1207 年）

主要成就：南宋官员、将领、文学家，豪放派词人，有"词中之龙"之称。与苏轼合称"苏辛"，与李清照并称"济南二安"。

朋友圈： >

添加到通讯录

李清照

昵称：号易安居士
地区：今山东济南章丘

（1084 年—1155 年）

主要成就：宋代婉约派代表词人，有"千古第一才女"之称，与辛弃疾并称"济南二安"。

朋友圈： >

添加到通讯录

爆笑！古代学霸笔记！

辛弃疾　年份　李清照

- **1084年** → 出生。
- **1100年** → 17岁时，写下《如梦令》，名震汴京城。
- **1101年** → 18岁，与21岁的太学生赵明诚在汴京成婚。
- **1102年** → 父亲李格非因故不得在京城任职。
- **1107年** → 赵家因"元党争"被蔡京诬陷，再难在京师立足，赵明诚与李清照自此屏居青州。
- **1127年** → 金人大举南侵，爆发"靖康之变"。
- **1129年** → 丈夫在去湖州上任前觐见皇帝，在途中逝世。
- **1132年** → 家人离散后到达杭州。经历了散失收藏的图书和文物的巨大痛苦。接受张汝舟的求婚，因张汝舟家暴，提出离婚，为此付出巨大代价。
- 出生。← **1140年**

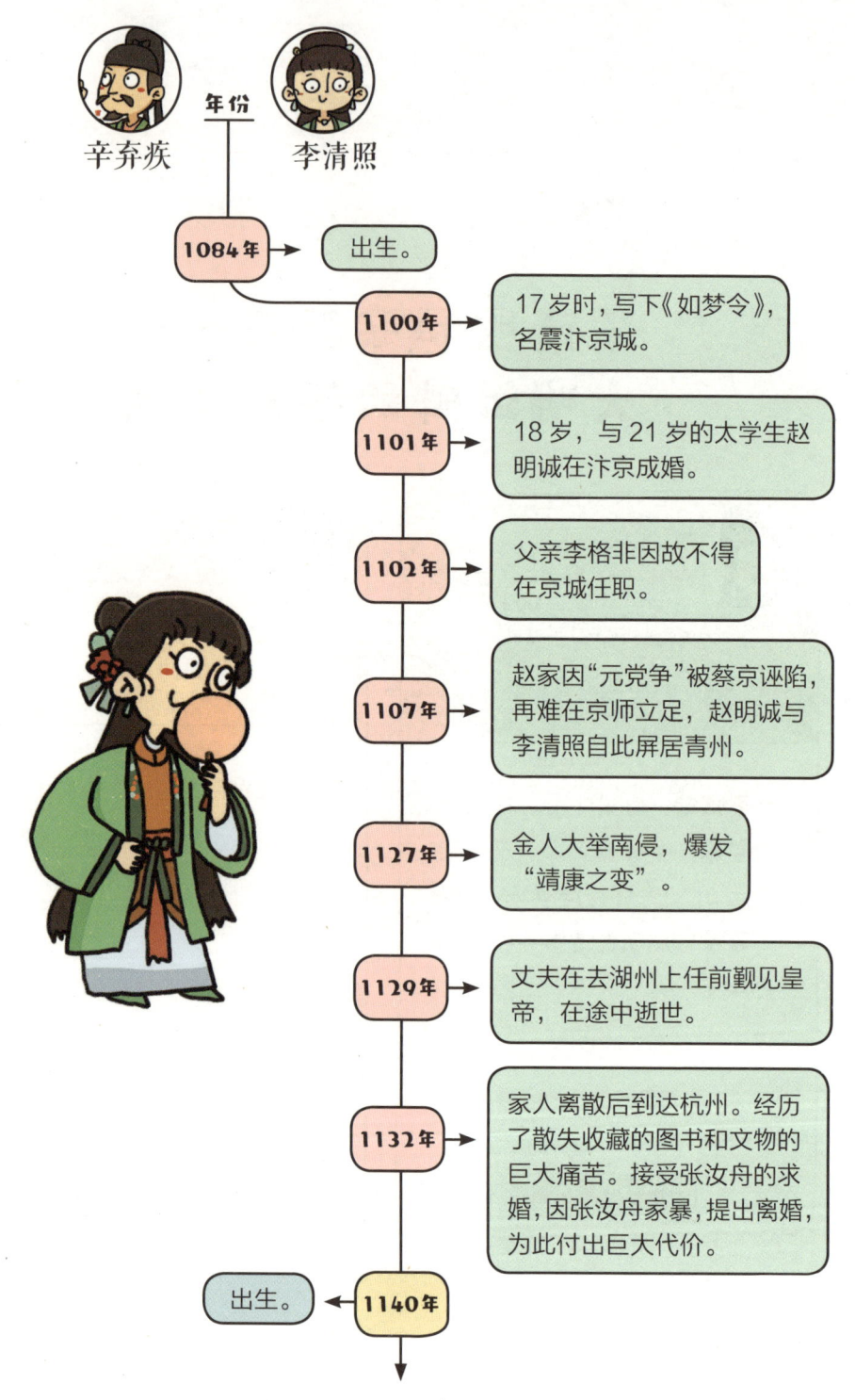

· 两宋卷 ·

- **1143年**
  - 出身官宦家庭，祖父辛赞被迫在金国为官，常教导辛弃疾身为大宋的子民要努力恢复中原。
  - 李清照将赵明诚遗作《金石录》校勘整理，表进于朝。
- **1155年** → 逝世。
- **1161年** ← 参加由耿京领导的一支声势浩大的起义军，并担任记录员。
- **1162年** ← 剿灭叛徒，回归南宋朝廷。在官场上屡受排挤，想要出征北伐而不可得，不断被委派为文职。
- **1194年** ← 被罢官回上饶，过起田园生活。
- **1204年** ← 想出兵北伐，拜见宋宁宗。
- **1207年** → 逝世。

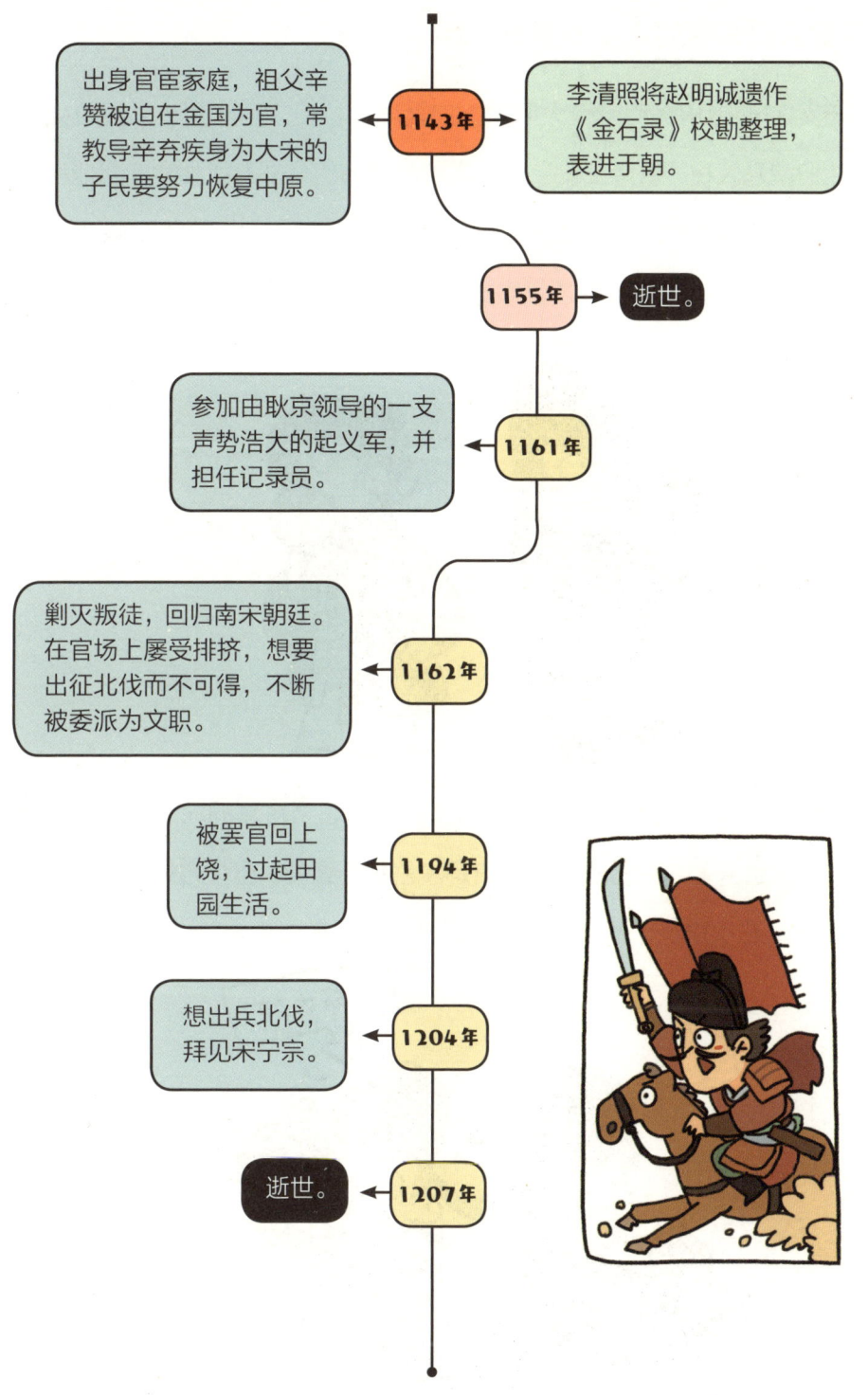

★ 不想当将军的词人，不是好干部

宋朝时的山东济南没有大明湖畔的夏雨荷，但却有一男一女两位大词人，他们就是人称"济南二安"的辛弃疾与李清照。辛哥能文能武超能干！照姐可盐可甜最可人！在词坛江湖里，他们一个是豪放派的大当家，一个是婉约派的话事人，各有千秋，堪称传奇。

辛弃疾可谓完美地诠释了什么叫：一个不想当将军的词人，不是个好干部。他文武兼修，智勇双全！可谓是集刚猛与柔情、彪悍与细腻为一体。左手握剑，右手执笔，是个一言不合就开干的"江湖大佬"。

★ 喝酒搓麻当网红，但我是好女孩

作为北宋文学家李格非的女儿，李清照本该是个妥妥的富家小姐。但明明可以靠颜值的她，偏偏要靠才华，把自己活成了一个热爱自由的潇洒女学霸。不过，她还经常泡吧，嗜酒如命，搓麻还搓成了"大宋女赌神"，逢搓必赢。17岁时又凭借两首《如梦令》火遍大宋，成为一代网红！

而女文青李清照的爱情，也是能虐狗的。当年，18岁的她嫁给了21岁的赵明诚，从此两人过上了幸福美满的二人世界：一起读书写字，一起饮酒搓麻，一起研究金石书画……好不浪漫！

★从《暖暖》到《凉凉》，先糖后刀

丈夫赵明诚去外地上班，李清照思念他，就写下了一首《一剪梅》，其中说——

> 花自飘零水自流，一种相思，两处闲愁。
> 此情无计可消除，才下眉头，却上心头。

这真是：男人看了会沉默，女人看了会流泪。

可惜的是，李清照的人生，前半生唱的是《暖暖》，后半生唱的是《凉凉》，而她人生前后的分水岭，恰好也是南北两宋的分割线——靖康之变。金兵南下，生活动荡，原本幸福和安宁的日子也到头了。

举家南逃的路上，李清照路过乌江边，有感而发，作为婉约派一姐的她，写下此生最不婉约、最霸气豪放的一首诗《夏日绝句》：

> 生当作人杰，死亦为鬼雄。
> 至今思项羽，不肯过江东！

狠狠地讽刺了南宋偏安的统治者。

国没了，家没了，后来连丈夫赵明诚也没了，到最后，甚至连当初和丈夫一起收藏的古玩家当也没了，因为她被一个叫张汝舟的渣男给骗了，在对方的花言巧语之下，结了二婚，婚后才发现张汝舟是图她的财宝。照姐怒了：我什么都没了，尊严可不能没！于是宁可坐牢也要休夫！如此敢爱敢恨，堪称女中豪杰！

★可盐可甜的"婉约派"一姐

照姐这一生,写最清新的诗,喝最烈的酒,活最真的自己!她的词大多温婉细腻。丈夫死后,她倍感孤独,就写下了这首《声声慢》:

寻寻觅觅,冷冷清清,凄凄惨惨戚戚。乍暖还寒时候,最难将息。三杯两盏淡酒,怎敌他晚来风急。雁也过,正伤心,却是旧时相识。

在人生的下半场,李清照失去故国,失去家园,失去丈夫,失去财宝,失去了几乎可以失去的一切,留下满腹惆怅。

此时正值三月,李清照在浙江金华避难,听说双溪的景色很美,她就乘坐小船前去散心,可是这里的景色再美也无法消除她内心的悲伤,孑然一人的李清照写下了经典的《武陵春·春晚》——

风住尘香花已尽,日晚倦梳头。物是人非事事休,欲语泪先流。

闻说双溪春尚好,也拟泛轻舟。只恐双溪舴艋舟,载不动许多愁。

★ 武道男神，终成文坛词豪

上得了战场，杀得了敌。入得了农舍，写得了词。当官一直被贬，住在农村里，倒也清闲，文武模式收放自如的辛男神，切换起词风来也是不在话下。

于是，在田园中生活的辛弃疾，创作了**《清平乐·村居》**。

茅檐低小，溪上青青草。醉里吴音相媚好，白发谁家翁媪？
大儿锄豆溪东，中儿正织鸡笼。最喜小儿亡赖，溪头卧剥莲蓬。

当然，一生都渴望领兵打仗、建功立业的辛弃疾，在骨子里是把自己当成霍去病、岳飞那样的将帅之才的。他"豪放派"的经典词作中常表达出报效国家的慷慨激昂的豪情和壮志未酬的遗憾。

南乡子

[宋] 辛弃疾

何处望神州，满眼风光北固楼。千古兴亡多少事，悠悠，不尽长江滚滚流。

年少万兜鍪，坐断东南战未休。天下英雄谁敌手？曹刘，生子当如孙仲谋。

· 两宋卷 ·

学霸笔记

醉花阴
[宋] 李清照

薄雾浓云愁永昼，瑞脑销金兽。
佳节又重阳，玉枕纱厨，半夜凉初透。
东篱把酒黄昏后，有暗香盈袖。
莫道不销魂，帘卷西风，人比黄花瘦。

> 醉花阴：词牌名。

> 云：《古今词统》等作"雾"，《全芳备祖》作"阴"。
> 永昼：漫长的白天。
> 瑞脑：一种薰香名。又称龙脑，即冰片。

> 黄花：指的是菊花。

★ 围绕中心意思选素材

这是李清照婚后所写的一首词，描绘了她在重阳节的时候喝酒赏菊花的情景，尽显对丈夫的思念之情，无比凄凉。这首词没有直接用上"思"和"孤"这样的字眼，却把思念之情和孤寂之境表达得淋漓尽致。让我们一起来学一学。

一开始，先聚焦天气，天气阴沉，让人身临其境，**"薄雾"**和**"浓云"**营造出愁闷的氛围，通过描写景物和周围的环境，表达内心的情感。

紧接着，李清照又将视角转向室内，描写了自己在重阳节当天睡到半夜，感受到了凉意，夜凉，心也凉，凉意想必不仅是透过纱帐渗进枕头，更是沁入了李清照的心里。她和丈夫往日的浓情蜜意，显然与此时的独自一人的夜晚形成了鲜明的对比。

> 爆笑！古代学霸笔记！

上阕中通过**"玉枕""纱厨"**等事物的象征，侧面表达情感。简简单单的景象，却是深情满满，思念浓浓，孤寂四溢。

下阕又侧重写重阳节这天黄昏赏菊东篱、借酒浇愁的情景。在这特殊的节日中，难免让人触景伤情，李清照眼里看到的菊花美，鼻间闻到的菊花香，仿佛都在提醒着她远方的爱人无法一起共享的这件憾事。

词中的薄雾、浓云、黄花等，无一不让人感受到李清照内心的惆怅。具体的景象可以勾勒出一幅完整的画卷，这幅画能让读者脑海中浮现出当时的情景，比起直抒胸臆，更具有想象的空间，让读者在你的文字中**找到隐藏的情绪，通过情景写心境**，让你的文章情感更饱满。

· 两宋卷 ·

学霸小剧场

热搜榜　TOP10

🔥 1 李清照又写诗了

2 贯休《献钱尚父》

3 薛涛《筹边楼》

【最热】

李清照

《八咏楼》

千古风流八咏楼，江山留与后人愁。

水通南国三千里，气压江城十四州。

转发 3 万　评论 1.6 万　点赞 10 万

参与话题 #如何评价天下第一才女#

晏殊：李清照竟然敢批评我的词写得太直接，没有铺垫，看来她对宋词很有自己的见解。

柳永：我写"悲"，她写"愁"，各有各的个性。

辛弃疾：同为济南人，真有幸能和天下第一才女并称为"济南二安"。

第 7 章

辛弃疾和陈亮——
这位"亮"仔，酷爱追"辛"

辛弃疾

昵称： 原字坦夫，后改字幼安，中年后别号稼轩
地区： 今山东济南

（1140 年—1207 年）

主要成就： 南宋官员、将领、文学家，豪放派词人，有"词中之龙"之称。与苏轼合称"苏辛"，与李清照并称"济南二安"。

朋友圈： ＞

添加到通讯录

陈亮

昵称： 原名汝能，后改名亮，字同甫，号龙川，
地区： 今属浙江

（1143 年—1194 年）

主要成就： 南宋思想家、文学家。才气超迈，喜欢谈兵。豪放派词人，创立了"永康学派"，著有《龙川文集》《龙川词》。

朋友圈： ＞

添加到通讯录

爆笑！古代学霸笔记！

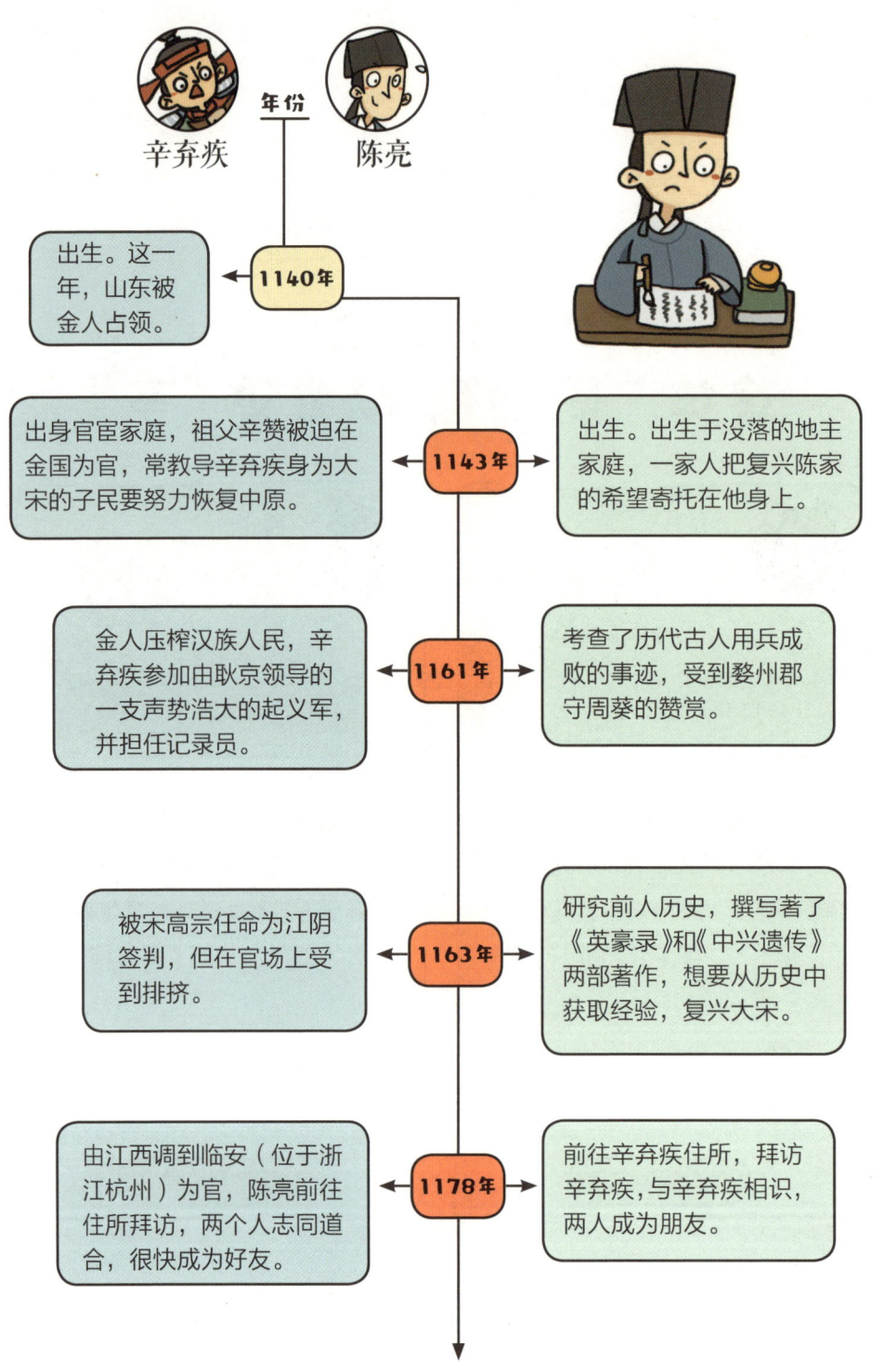

辛弃疾 — 年份 — 陈亮

1140年：出生。这一年，山东被金人占领。

1143年
- 辛弃疾：出身官宦家庭，祖父辛赞被迫在金国为官，常教导辛弃疾身为大宋的子民要努力恢复中原。
- 陈亮：出生。出生于没落的地主家庭，一家人把复兴陈家的希望寄托在他身上。

1161年
- 辛弃疾：金人压榨汉族人民，辛弃疾参加由耿京领导的一支声势浩大的起义军，并担任记录员。
- 陈亮：考查了历代古人用兵成败的事迹，受到婺州郡守周葵的赞赏。

1163年
- 辛弃疾：被宋高宗任命为江阴签判，但在官场上受到排挤。
- 陈亮：研究前人历史，撰写著了《英豪录》和《中兴遗传》两部著作，想要从历史中获取经验，复兴大宋。

1178年
- 辛弃疾：由江西调到临安（位于浙江杭州）为官，陈亮前往住所拜访，两个人志同道合，很快成为好友。
- 陈亮：前往辛弃疾住所，拜访辛弃疾，与辛弃疾相识，两人成为朋友。

· 两宋卷 ·

与陈亮同游鹅湖。分别后，写给陈亮三首词。 ← **1188年** → 与辛弃疾同游鹅湖，辛弃疾送词三首，回复辛弃疾的信，写了两首词。

被罢官回上饶，过着田园生活。 ← **1194年** → 逝世

想出兵北伐，拜见宋宁宗。 ← 1204年

朝廷再次召辛弃疾出兵北伐，辛弃疾已重病，于同年九月初十逝世。 ← 1207年

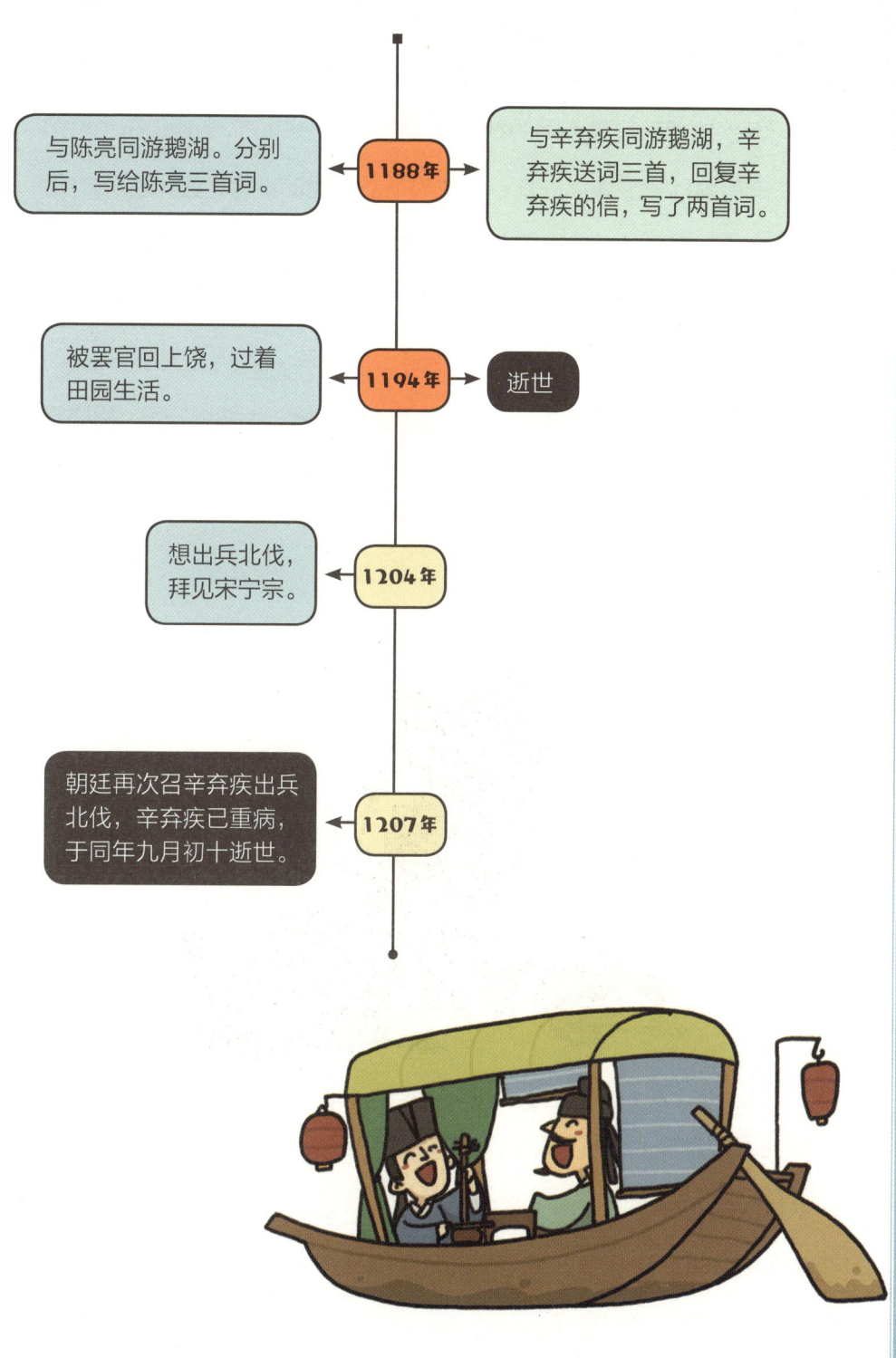

★没错！其实辛弃疾≈霍去病

辛弃疾的爷爷是霍去病的铁粉，当时金国统一北方，老家山东也沦陷了，他爷爷就希望孙子能像霍去病一样成为杀敌救国的大将，就起名"弃疾"。辛弃疾也没有辜负爷爷的期望，从小学文习武，很快就成长为一员沙场猛将。21岁时，他召集2000人加入耿京的起义军。结果却出了个叫张安国的叛徒，把带头大哥耿京杀了，还顺带拐走5万兵马，逃到金国领赏去了。这事辛哥能不管吗？他带着50人冲进5万人的大营，生擒张安国，招降叛军，归顺南宋，从此一战封神，江湖纷传：辛哥专治各种不服。

辛弃疾和他的"头号铁粉"陈亮都是旗帜鲜明的"主战派"。陈亮也根据古人的经验，总结出了《中兴五论》，建议皇帝让太子监管军事，他还在《舆地会元志》中记录全国山川险夷形势和户口虚实情况，为积极抗金出筹谋划策。

· 两宋卷 ·

★ 人狠话不多的"头号辛粉"

陈亮是"辛弃疾粉丝应援会"的终身会长,这位"亮"仔,一生都在追"辛"。有趣的是,狠人的粉丝,果然也是狠人。

陈亮此前听闻了辛弃疾的英雄事迹,十分崇拜,瞬间成为粉丝。经过朋友的介绍,他骑着马前往辛弃疾的住所拜访他。

> 爆笑！古代学霸笔记！

那天，辛弃疾在家楼上从窗户向外望，看见一名男子赶着一匹马过桥，可是这匹马却因为害怕水流不听使唤，三番五次往后退。只见这名男子抽出剑来，斩落了马首，走路过桥。辛弃疾看在眼里，发出赞叹："这是个大丈夫！"

这位人狠话不多的兄弟就是陈亮，他通过斩马首过桥的举动，成功引起了偶像辛弃疾的注意，当天两人相谈甚欢，成为好友。

★将军梦碎，却成"词界大拿"

辛弃疾归宋后，以为自己的征途是星辰大海，怎料高宗皇帝只想岁月静好，他坑完了岳飞，又来坑辛弃疾。

先是给辛弃疾安了个文职，又一路打发他到滁州、江西、湖南各地解决各种麻烦，频繁调动了近40次，一直让他待在南方。辛弃疾多次进言皇帝要去攻打金国，都被拒绝。最后甚至被罢官。

· 两宋卷 ·

赋闲在家的辛大爷，没事就喝喝酒，顺手就写写词，发泄发泄心中的郁闷。没想到，就这么一顺手，把自己写成了"词界大拿"！

他在《水龙吟·登建康赏心亭》一词中写道："把吴钩看了，栏杆拍遍，无人会，登临意。"满满的都是他想上阵杀敌、报效祖国的爱国之情。

而陈亮也很郁闷。他这个人，人如其名，总是喜欢打开天窗说"亮"话。说难听点呀，就是说话太直，于是被人告发他"言涉犯上"，坐了牢。此后总被人污蔑、陷害，三番两次地下狱，把牢饭都吃成了家常便饭。

> 爆笑！古代学霸笔记！

★ 看看辛哥是如何宠粉的

辛弃疾和陈亮的友谊是历史上的一段佳话。

那年冬天，白雪飘飘，陈亮从浙江长途跋涉前往上饶拜访辛弃疾。48岁的辛弃疾和45岁的陈亮相识十年后再次相聚，一同前往武夷山，在鹅湖游玩，两人共同度过了美好的十天。

两位中年大叔再次讨论抗金的大事，意气风发，英姿豪气不减当年啊，两个人喝着酒，唱着歌，聊着收复中原的英雄梦，犹如重返18岁。在这场鹅湖之会分别后，辛弃疾立马写了词给陈亮，陈亮也立即回信，两个人来来回回写了五首词。

亮仔，太感谢你的支持了，友谊长存。

辛帅，你能把我当成你的朋友，是我的荣幸啊。

· 两宋卷 ·

★ 都是英雄，却无用武之地

鹅湖之会的第二年，陈亮再次写信给辛弃疾，词名为《贺新郎·怀辛幼安用前韵》，其中"樽酒相逢成二老，却忆去年风雪。新著了、几茎华发"回忆了去年的情景，表达了自己的思念。"天下适安耕且老，看买犁卖剑平家铁。壮士泪，肺肝裂。"蕴藏着自己忧国忧民的情怀。

鹅湖之会的第五年，陈亮第三次参加科举考试，考中状元，可是忧国忧民的他却在来年任命的途中逝世，享年52岁。

辛弃疾得知后，痛哭流涕，写下了《祭陈同甫文》："而今而后，欲与同甫憩鹅湖之清阴，酌瓢泉而饮，长歌相答，极论世事，可复得耶？"写出了他对陈亮的深厚友谊。

而辛弃疾也一样，他明明是大将之才，最终却以词闻名于世。若让他选，他一定更希望自己是一个能征善战、守土开疆的大将军。可惜，他至死都未能北伐，临终前依然高呼："杀贼，杀贼……"

爆笑！古代学霸笔记！

学霸笔记

破阵子·为陈同甫赋壮词以寄之
［宋］辛弃疾

醉里挑灯看剑，
梦回吹角连营。
八百里分麾下炙，
五十弦翻塞外声，
沙场秋点兵。
马作的卢飞快，
弓如霹雳弦惊。
了却君王天下事，
赢得生前身后名。
可怜白发生。

八百里：古代有一种牛名叫"八百里驳"。这里指代牛。
麾下：部下。
炙：烤熟的牛肉。
五十弦：各种军乐器。

的卢：古代一种烈性的快马。

这一句的译意为：战士所骑的马，都像卢马一样好。拉开强弓万箭齐发，响声如"霹雳"，惊心动魄。

天下事：指的是收复失地，统一祖国的大业。

★ 虚实结合真情

辛弃疾的《破阵子·为陈同甫赋壮词以寄之》这首词如梦如幻，有虚有实，把自己的回忆、想象和现实结合在一起，写出自己的爱国情怀，同时又写出了壮志难酬的悲愤。

同学们，怎么做到虚实结合呢？我们一起来看一看。

首先，虚实结合，画面生动。**"醉里挑灯看剑"** 写出辛弃疾此时正喝着酒，迷迷糊糊中挑着油灯，看着手中的剑，**"看剑"** 制造出视觉上的画面感。**"吹角"** 制造出听觉上的画面感，军营里吹响号角，巧妙地把视觉和听觉交汇在一起，为下阕中激烈的战场做铺垫。

"看剑" 的实景和 **"吹角"** 的虚景相结合，更能够让读者感受到此时夜深人静，一位英雄怀揣着自己的复国梦，从现实进入虚幻的沙场中，让读者感受到他内心上阵杀敌，收复失地的渴望。仿佛看到辛弃疾骑上一匹卢马，手握长矛上沙场杀敌。

其次，虚实结合，情感深切。辛弃疾想象自己和战士们一起杀敌，在塞外吃肉、奏乐、点兵，鼓足士气，骑卢马、射强弓，完成祖国统一的大业。

整首词中，上阕围绕着"壮"写出雄心壮志，表达自己匡复祖国统一大业的希望。可是还没有取得生前和生后的名誉，却已经成了白发人。下阕最后一句再次回到现实，**"可怜白发生"** 中写出了自己内心的悲愤，由"壮"转向了"悲"，上阕的雄壮有多强烈，下阕表达的悲愤就有多深切。

学霸小剧场

辛弃疾

 辛弃疾
问谁使、君来愁绝？铸就而今相思错，料当初、费尽人间铁。

陈亮
只使君，从来与我，话头多合……但莫使伯牙弦绝。

 辛弃疾
我最怜君中宵舞，道男儿到死心如铁。看试手，补天裂。

陈亮
算于中、安得长坚铁！淝水破，关东裂。

 辛弃疾
马作的卢飞快，弓如霹雳弦惊。

· 两宋卷 ·

朋友圈

 **辛弃疾**

亮仔，你是我的头号粉丝，给你的《贺新郎》系列，作为你的福利吧！

@ 鹅湖

邑中园亭，仆皆为赋此词。一日，独坐停云，水声山色，竞来相娱。意溪山欲援例者，遂作数语，庶几仿佛渊明思亲友之意云。

甚矣吾衰矣。怅平生、交游零落，只今余几！白发空垂三千丈，一笑人间万事。问何物、能令公喜？我见青山多妩媚，料青山见我应如是。情与貌，略相似。

一尊搔首东窗里。想渊明、停云诗就，此时风味。江左沉酣求名者，岂识浊醪妙理。回首叫、云飞风起。不恨古人吾不见，恨古人、不见吾狂耳。知我者，二三子。

全文

♡ **陈亮、朱熹、刘克庄、刘过、刘辰翁**

💬 **陈亮**：感动到哭，谢谢男神！

朱熹：羡慕啊，我也想要福利。

刘克庄：真是羡慕啊！

刘过：原来前辈们的友谊这么深厚啊！

刘辰翁：粉丝 +1。

朋友圈

陈亮

辛男神为我们收复中原引路,粉丝们,咱们的应援团搞起。
@追"辛"应援团

♡ 辛弃疾、刘克庄、刘过、刘辰翁

💬 **刘克庄:** 追"辛"也使我快乐!
　　刘过: 永远的男神!中原必胜!
　　刘辰翁: 爱国的男神魅力大!

第 8 章

文天祥、张世杰、陆秀夫——
王朝末路上的英雄魂

陆秀夫
昵称：字君实
地区：江苏盐城
（1236年—1279年）

主要成就：南宋民族英雄，抗元名臣，忠心耿耿。崖山被攻破后，宋朝难以回天，他背着卫王以身殉国。与文天祥、张世杰并称"宋末三杰"。

朋友圈： >

添加到通讯录

文天祥
昵称：小名云孙，字宋瑞，自号浮休道人、文山
地区：江西吉安
（1236年—1283年）

主要成就：南宋政治家、文学家、英雄、抗元名臣。他的诗、文、词充满了强烈的爱国主义热情，激励了无数后世的忠臣志士，影响深远。

朋友圈： >

添加到通讯录

张世杰
地区：河北范阳
（？—1279年）

主要成就：南宋英雄，抗元名臣。在抗元战争中先是多次立功，后来宋军战败坚持不降，最终因为飓风而溺亡在平章山下。

朋友圈： >

添加到通讯录

爆笑！古代学霸笔记！

张世杰

年份

1276年：被陆秀夫召至福建，共同拥立赵昰在福州继位，继续与元军进行斗争。

1277年：因抵挡不住元军进攻，与陆秀夫一同保护宋端宗逃到广州，奋力拼战。

1278年：赵昰因受惊病死，拥立卫王赵昺为帝。因功升任少傅、枢密副使，后被封为越国公，负责指挥作战。

1279年：坚决不降，下令烧毁陆地建筑，将千余艘宋军船只连在一起，全军迁往军舰上，与元军进行拉锯战。战败后，带十余艘战舰突围，本想侍奉杨太后寻求赵氏的后代，但杨太后听闻赵昺死讯后亦跳海自杀，最终在大风雨中溺毙。

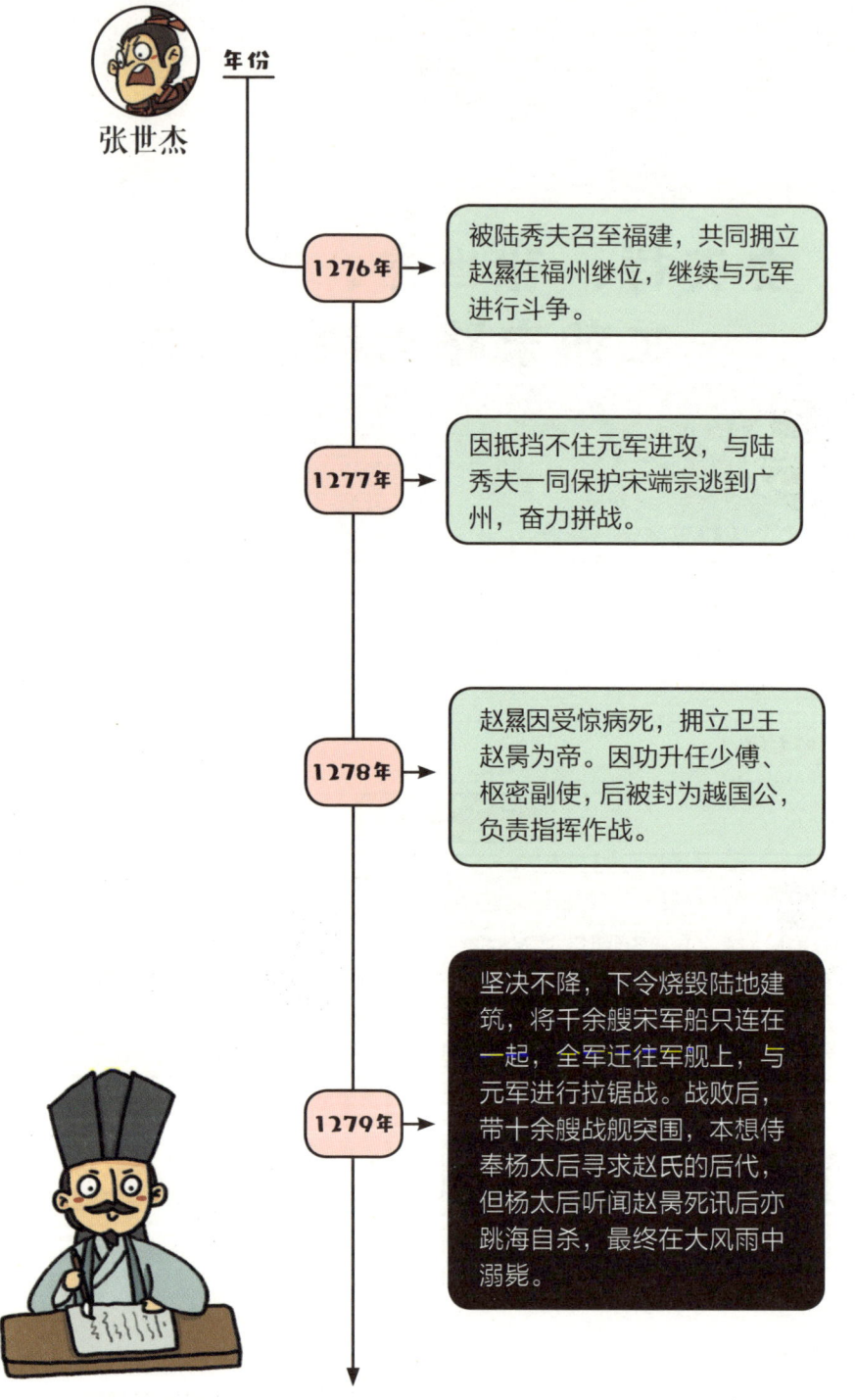

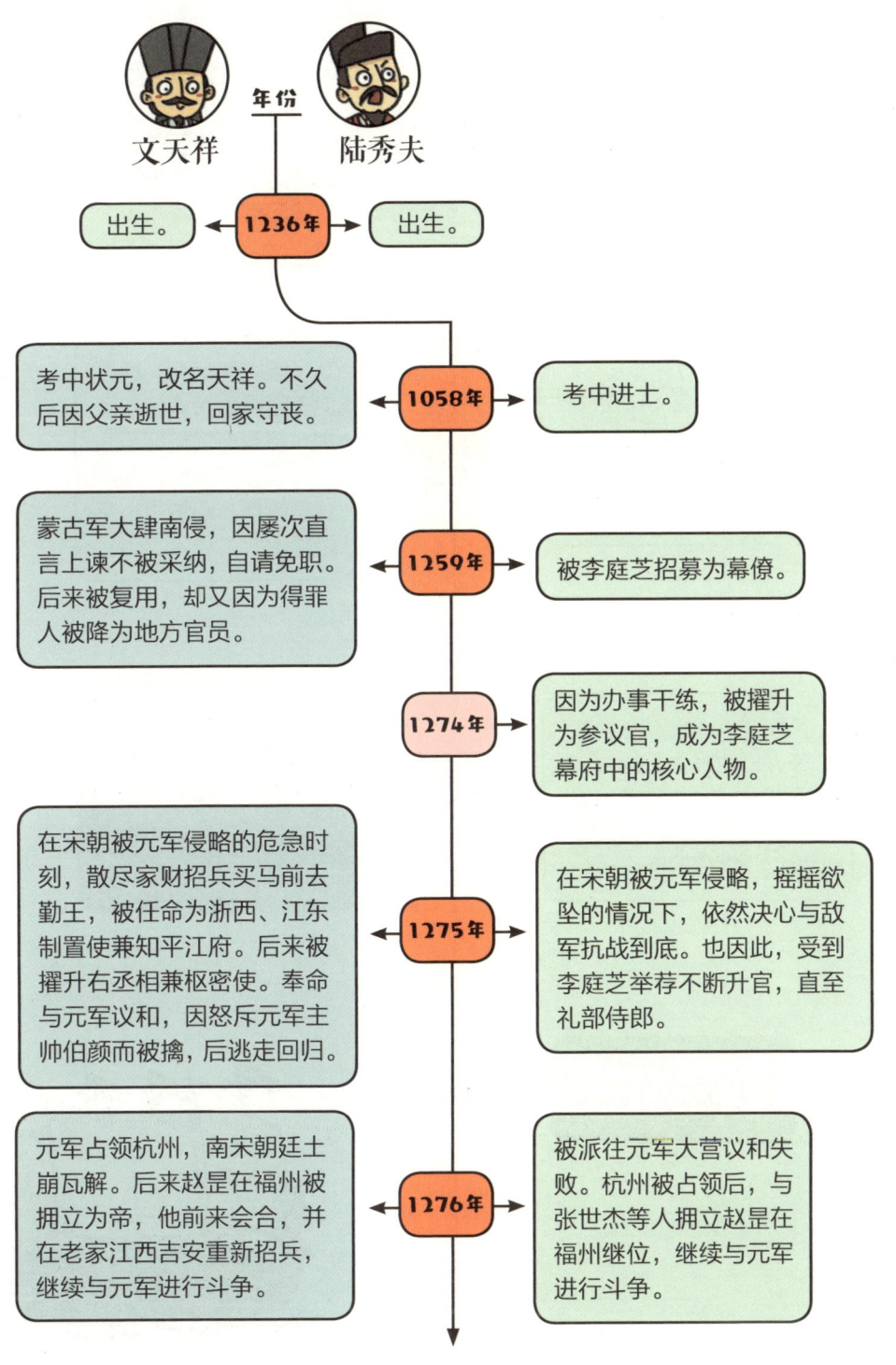

1277年 — 率军在赣州一带阻击元军，一度重创敌军，大振士气。然而在敌军得到增援后，节节败退。

因抵挡不住元军进攻，与张世杰一同保护宋端宗逃到广州。与陈宜中意见不合被免官。后因张世杰周旋被召回复职。

1278年 — 赵昰因受惊病死，拥立卫王赵昺为新帝，受封信国公。后来在五坡岭遭遇元军突袭被俘。

赵昰因受惊病死，拥立卫王赵昺为帝。任左丞相，将政府机构迁至崖山。因皇帝年幼，为其主理政事，还带领小皇帝学习。

1279年 — 元军要求他招降张世杰等人，他坚决不同意，元军只好发动攻击。后来在元军船上目睹宋军覆灭，悲痛欲绝。

坚决不降，保护着小皇帝与元军死战到底。后来感受到大势已去，先让妻儿投海，然后自己也背着小皇帝赵昺投海自尽，壮烈殉国。

1283年 — 坚决不投降，在刑场上从容就义。

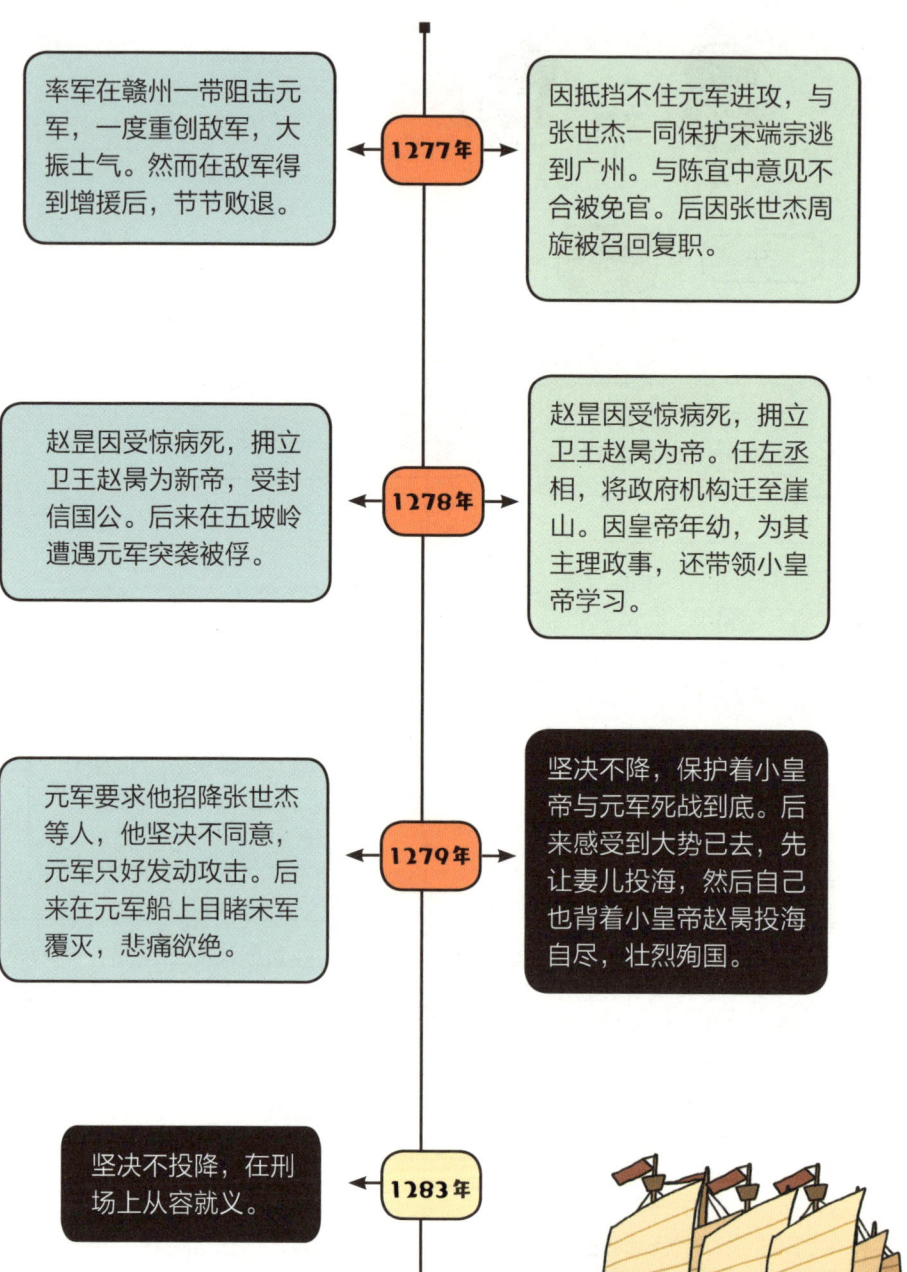

★ 论一个好名字有多重要

都说一个好名字是一笔无形的财富，这个观点在文天祥身上得到了印证。文天祥20岁时参加当时的高考——科举。小小年纪的他过五关斩六将，入围了集英殿论策，当场挥洒墨水，一万多字的文章一气呵成。

当时阅卷为了公平起见，名字是隐藏起来的。大Boss宋理宗赵昀亲自阅卷时，看到文天祥的文章觉得眼前一亮，等到拆开一看，考生姓名叫文天祥。嘿，巧了！天祥天祥，这可是天降的吉祥，于是大赞道："此天之祥，乃宋之瑞也。"天降祥瑞，这人不当状元，谁还配当状元？于是，文天祥被钦点为当科状元，"宋瑞"也成了文天祥的新字。这件事告诉我们：名字起得好，状元也能考！

★ 能"歌"善"武"圈粉无数

文天祥出身于书香门第,从小勤奋学习,考过书院第一,成为状元之后更是大家眼中的学霸,可谓是能"歌"善"武"。

首先,文天祥"歌"震天下。他被元军俘虏后不折气节,写下**《正气歌》**,歌颂史上忠义之士,字里行间喷涌而出浩然正气,令人热血澎湃,鼓舞和激励了无数后人。

天地有正气,杂然赋流形……

文天祥玩起"武"来也让人反手就是一个赞!当元军的铁骑逼近临安的时候,小皇帝赵㬎年仅4岁,他的母后谢太后和大臣看到形势危急,急忙向各地官员发送"SOS"信号,要地方官员带兵前来相助。文天祥接到诏书,大手一挥,散尽家财招募三万勇士前往临安勤王,文状元摇身变成武将军。

★ 永不脱粉的"铁粉男孩"

宋朝老祖赵匡胤是通过兵变夺权建国，为了防止被武将反将一军，宋朝一直有重文轻武的传统，武将在夹缝中艰难卫国。骁勇善战的蒙古铁骑看到宋军都大笑：你就是个弟弟！

加上宋军内部不和，主战派、主和派争论不休。最终宋军被击溃，小皇帝和大部分文武百官不敢反抗，纷纷投降，只有年幼的两位王爷在杨太妃的带领下逃出都城。

时代造英雄。在危机之下，文天祥、张世杰、陆秀夫三位忠臣，率领部下顽强抵抗，力挽狂澜，令蒙古军头痛不已。他们让人看到了大宋臣民的铮铮铁骨，成为宋朝末途中三颗璀璨的明珠。

后来，益王赵昰在福州被拥立为帝，一个 7 岁的孩子就这样成为新任大领导。文、张、陆组成了"宋末男孩"，成为宋朝最后的顶梁柱。

爆笑！古代学霸笔记！

★ 末路英雄的修炼手册

身为朝堂顶梁柱的陆秀夫，是一个"小哭包"，时常因国家现状暗自抹泪，还曾经在朝堂上议事时哭得上气不接下气。但他心思缜密，虽然不会带兵打仗，却总能把朝堂上的事情处理得井井有条。益王继位才两年，就因逃难时受惊而去世，不少朝臣想要放弃，是他给大家加油打气，打动了大臣们，共同拥立9岁的卫王赵昺继位。

大宋朝只有我们了啊！少康曾凭着五百人马、十里地方就能中兴夏朝，难道我们就不能依靠数十万兵民、万顷碧海复兴大宋王朝吗？

"宋末男孩"之一的张世杰过人之处在于他作战十分英勇，曾在驻守鄂州时用铁索封城，并通过设置机关使元军不能前进半步。元军觉得这个机智男孩如果能成为自己人，能省不少事，于是几次三番派人劝降。有一次，他的同事卞彪前来拜访，他以为对方是来投靠他的，备下酒菜招待，谁知卞彪吃着吃着就开始劝他投降，张世杰勃然大怒，破口大骂，当场命人斩了这个背叛者。

爆笑！古代学霸笔记！

★ **不好意思，我是大宋的忠臣**

这三位英雄人物生不逢时，最终的下场都让人心疼。但是他们用自己的行动向世人展示了他们保卫家园那至死不悔的决心。

崖山边，宋军实在撑不住了，眼睁睁看着宋朝行将被灭亡，陆秀夫背上新任的赵昺投海自尽，展现至死不降的决心。十万朝臣与军民也跟着一起跳海，奏响了大宋王朝的悲壮葬歌。

文天祥是元军一直想收编的对象。他两次被元军俘虏，第一次被俘运气不错，在押送路上偷偷溜走；第二次好运用光了，逃不走，服毒自杀计划也失败了，亲眼看着宋朝覆灭后被囚禁三年。元朝皇帝忽必烈看他是个人才，几次劝他投降，文天祥始终拒绝。最终在刑场上慷慨就义。

爆笑！古代学霸笔记！

学霸笔记

过零丁洋
[宋] 文天祥

辛苦遭逢起一经，干戈寥落四周星。
山河破碎风飘絮，身世浮沉雨打萍。
惶恐滩头说惶恐，零丁洋里叹零丁。
人生自古谁无死？留取丹心照汗青。

- **零丁洋**：地名。位于广东省珠江口外的一个港湾。
- **干戈寥落**：指的是战争已经接近尾声。
- **风飘絮**：柳絮在风中飘动的样子。在这里比喻国家风雨飘摇。
- **萍**：水上浮萍。比喻自己。
- **汗青**：古时候的书册是用竹简编成的，竹简上的竹片要用火烤，竹子流出青绿色的水分。
- **惶恐滩**：江西境内的一个地名。文天祥就是在江西被元军打败俘虏的。
- **丹心**：丹，红色；丹心，红色的心。在这里比喻一片忠心。

★ 生动比喻表深情

文天祥的这首《过零丁洋》巧妙地借助了比喻，来表达自己忧国忧民的拳拳赤子之心，体现出了诗人的忠肝义胆。我们一起来看一看。

本诗是文天祥在第二次被元军俘虏押送途中路过零丁洋时写的。当时宋朝已经摇摇欲坠，文天祥等仁人志士试图力挽狂澜，但却兵败被俘，看不到希望。因此，诗人用"**干戈寥落**"来悲叹事态的发展，真实反映了当时的社会现实和诗人的遭遇。

诗人用比喻的重点在颔联的两句。"**山河破碎风飘絮**"一句中，作者直接点明国家山河已破碎不堪，就好像风中飘摇的柳絮，马上就会消亡。"**身世浮沉雨打萍**"一句中，诗人又把自己这动荡的一生比作那雨中飘摇的浮萍，写出了自己的凄苦与彷徨。

紧接着的两句诗中，诗人巧妙用上**"惶恐滩""零丁洋"**地名的谐音，来表达自己战败后的忧虑与彷徨，感慨自己孤苦伶仃的现状。到最后，他更是发出"人生自古谁无死？留取丹心照汗青"的豪言壮语，成为千古名句。

用上具体的物象来对国家和自己进行比喻，这样的写法，含蓄、生动又富有深意，令人越读越有味道，值得反复细品。

学霸小剧场

朋友圈

文天祥

在囚牢里无事可做，写了首《正气歌》，大家帮我一起品品啊！
@ 元大牢
余囚北庭，坐一土室。室广八尺，深可四寻。单扉低小，白间短窄，污下而幽暗。

全文

♡ 岳飞、辛弃疾、李清照、陆秀夫、张世杰、袁崇焕、谭嗣同等

岳　飞：好样的！长江后浪推前浪！
张世杰：文兄，我们的心与你同在！
陆秀夫：誓死保卫大宋王朝！

图书在版编目（CIP）数据

爆笑！古代学霸笔记！．两宋卷／何捷主编．—— 北京：中国致公出版社，2023.11
ISBN 978-7-5145-1975-4

Ⅰ．①爆… Ⅱ．①何… Ⅲ．①中国文学－古代文学史－宋代－通俗读物 Ⅳ．①I209.2-49

中国版本图书馆CIP数据核字（2022）第257668号

爆笑！古代学霸笔记！．两宋卷／何捷主编
BAOXIAO!GUDAI XUEBA BIJI!.LIANGSONG JUAN

出　　版	中国致公出版社
	（北京市朝阳区八里庄西里100号住邦2000大厦1号楼西区21层）
出　　品	湖北知音动漫有限公司
	（武汉市东湖路179号）
发　　行	中国致公出版社（010-66121708）
作品企划	知音动漫图书·文艺坊
责任编辑	胡梦怡　雷　琛
责任校对	吕冬钰
装帧设计	王　钰　郑雨薇
责任印制	程　磊
印　　刷	武汉精一佳印刷有限公司
版　　次	2023年11月第1版
印　　次	2023年11月第1次印刷
开　　本	710mm×1000mm　1/16
印　　张	7.5
字　　数	80千字
书　　号	ISBN 978-7-5145-1975-4
定　　价	36.00元

版权所有，盗版必究（举报电话：027-68890818）
（如发现印装质量问题，请寄本公司调换，电话：027-68890818）